名校名师导读书系

徐井才◎主编

荒野的呼唤

（美）杰克·伦敦　著

THE CALL OF THE WILD

新华出版社

图书在版编目（CIP）数据

荒野的呼唤/徐井才主编．

—北京：新华出版社，2013.1（2023.3重印）

（名校名师导读书系）

ISBN 978－7－5166－0358－1－01

Ⅰ.①荒…　Ⅱ.①徐…　Ⅲ.①长篇小说—美国—近代—缩写

Ⅳ.①I712.44

中国版本图书馆 CIP 数据核字（2013）第 019011 号

荒野的呼唤

主　　编：徐井才

封面设计：睿莎浩影文化传媒　　　　责任编辑：张永杰

出版发行：新华出版社

地　　址：北京石景山区京原路 8 号　　　邮　　编：100040

网　　址：http：//www.xinhuapub.com

经　　销：新华书店

购书热线：010－63077122　**中国新闻书店购书热线：**010－63072012

照　　排：北京东方视点数据技术有限公司

印　　刷：永清县晔盛亚胶印有限公司

成品尺寸：165mm×230mm

印　　张：12　　　　　　　字　　数：160 千字

版　　次：2013 年 3 月第一版　　印　　次：2023年3月第三次印刷

书　　号：ISBN 978－7－5166－0358－1－01

定　　价：36.00 元

目 录

荒野的呼唤

白 牙

名师1+1导读方案

作家编委会 + 优秀教师编委会 = 名师1+1

为广大学生制定行之有效的名著阅读方案

★ 名著阅读6大要点

一、理解**关键词句**的含义和作用

二、积累**好词好句好段**

三、了解作品的主要**内容和主题**

四、把握**人物形象**的特点

五、感受**语言的优美**

六、有自己的**体会和看法**

一 理解关键词句的含义和作用

　　我们在阅读文学名著时，往往会遇到一些难以理解的词句，这样就会阻碍我们读懂某一句话或某一段话的意思。所以，我们必须正确理解词句的含义，而理解词语不能仅仅局限在表面含义，还要认真体会它们所表达的作用。

1. 联系上下文理解关键词句的含义

　　我们在阅读时会遇到一些生词，这时我们可以结合词语所在的语句的意思来理解它的含义。有时仅理解词语的本义是不够的，作者会为了表达某一种意思，而采用一些词的特殊含义，这时我们可以通过联系上下文的具体内容来理解这些关键词句的含义。

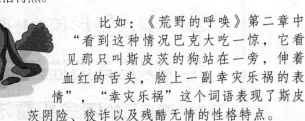

　　比如：《荒野的呼唤》第一章中"虽然它叫得很委婉。然而接下来的事让巴克感到愤怒了，那个陌生人猛地一拉，绳子紧紧地勒在巴克的脖子上，让它喘不过气来"，"委婉"一词通常指说话含蓄，这里指巴克的叫声不大，显得小心翼翼。

2. 联系上下文体会关键词语的作用

　　了解了词语的含义，我们还要联系文章的具体内容，仔细体会词语所表达的信息和作用。一些关键词语既可以表达人物的感情、心情，又可以展示人物的性格特点。

　　比如：《荒野的呼唤》第二章中"看到这种情况巴克大吃一惊，它看见那只叫斯皮茨的狗站在一旁，伸着血红的舌头，脸上一副幸灾乐祸的表情"，"幸灾乐祸"这个词语表现了斯皮茨阴险、狡诈以及残酷无情的性格特点。

二 积累好词好句好段

　　我们在阅读文学名著时，会读到很多优美的词句、精彩的语段，这时就需要我们认真体会，多读、多记、多积累，然后多用、多学习。这样，以后我们就不怕写作文啦。

1.好词

文学作品就像词语的百宝箱，它有生动形象的动词、丰富细腻的形容词、准确传神的拟声词，还有很多精练简洁的成语等，这些都值得我们好好学习。

比如：垂涎欲滴　不怀好意　兔死狐悲　萎靡不振　无可奈何

2.好句

文学作品中还有很多优美的句子，有描写人物外貌的、有描写美丽风光的，有的展开精彩的对话。这些句子描写准确，并运用了比喻、拟人、排比等修辞手法，这些都是值得我们积累的好句子。

比如：《荒野的呼唤》第一章中的"一排排供仆人居住的小屋被绿色的藤蔓覆盖着；外屋周围，葱绿细长的葡萄藤向四周生长。水草丰美的牧场、果实累累的果树林和让人垂涎欲滴的浆果地也都是极美的景色"。

3.好段

精彩的段落描写在文学作品中也很常见，有的巧用修辞展现妙趣横生的情节，有的用优美的语言描写景物等。我们平时应该注意积累和学习，这样对我们写作文会有很大的帮助。

比如：《荒野的呼唤》第二章中的"它有着非常出色的适应环境的能力。它身上的肌肉变得非常坚硬，它改变了自己挑食的毛病，它的感觉变得异常地灵敏，它学会了在硬梆梆的冰面上找水喝，它能听到哪怕是很小很小的响声，并且根据声音能辨别出它即将处在怎样的环境当中……最为难得的是它能根据一点点征兆判断出风的走向"。

三 了解作品的主要内容和主题

文学作品反映了特定时代的历史和社会内容，展现了丰富多彩的社会生活。阅读文学名著时，要注意把握作品的主要内容和主题。

1. 了解文学作品展现的主要内容

阅读文章时，扫清了字词的障碍后，我们就可以整体地来把握文章的主要内容，只有抓住了文章的主要内容，才能更准确地了解作者的思路，提高我们分析、概括和认识的能力。

小说描写了一只名叫巴克的大狗被盗卖到阿拉斯加干苦工，它忍受了各种虐待，在极为恶劣的环境下，鼓足勇气，练成吃苦的精神，最后和斯皮茨争夺强者地位，结果斯皮茨被咬倒，巴克成为生存斗争的胜利者。在巴克的内心，时常涌动着一种原始的返祖情结，野性的力量在呼唤着它，最后它回到狼群中，过上了自由的生活。

2. 了解作品所表达的主题

作者写一篇文章总有他的目的性，当我们能够把握住文章的主要内容，体会文章的故事情节时，我们就可以深入地去感受作者的思想情感了。阅读文章时，我们把作者在文章中阐明的道理、主张，流露的思想感情概括起来，我们就准确地把握了文章的中心思想，也就能更深刻地理解文章的主旨了。

《荒野的呼唤》是作者在极其困顿的时候写的一部寓言体小说，小说通过主人公巴克经历了一系列的艰辛重新回归自然，重获自由的历程这一曲折的故事，展示了作者回归自然过自由生活的强烈愿望。

四 把握人物形象的特点

在文学作品中，我们会发现有许多各式各样的人物形象，有的可爱、有的勇敢、有的懦弱……在阅读文学作品时，我们要注意了解人物形象最突出的特点，抓住人物性格中与其他人不同的地方，这样才能更好地理解文学作品品。

比如：《荒野的呼唤》第一章中"别的狗都很兴奋和害怕，只有戴夫好像被打扰似的抬起头，毫无兴致地瞅了一下，又独自躲到一边去了，看起来既懒散，又有点萎靡不振"，从这些文字当中，我们就能够发现戴夫与众不同的特点：懒散，特立独行，萎靡不振。

五 感受语言的优美

好的文学作品经常运用优美的语言讲述生动的故事，表达强烈的情感。我们在欣赏文章的语言时要注重文章所采用的各种修辞手法，通过对这些修辞手法的鉴赏来提高我们的语言特色，将我们借鉴到的语言特点更好地运用在我们的写作中。

比如：《荒野的呼唤》第二章中"它也会对着天空和空旷的原野发出长长的呼喊，这像极了它的祖先们。它已经慢慢地开始习惯这种生活了，也只有在这无边的暗夜里它才能够尽情地释放自己，所有的痛苦悲伤和落寞都在这一声声的长啸中烟消云散"，这段话运用抒情色彩的叙述，把巴克对自由的无限向往描写出来。

六 有自己的体会和看法

文学作品问世之后会遇到各种各样的读者。因为读者的经历、知识和看待问题的角度不同，所以，每个读者对作品的体会也是不一样的。我们在阅读文学作品时要有自己的体会，这样才能有收获。

巴克本来过着舒适的庄园生活，可是，由于人类的贪婪，巴克走上了艰辛的道路，在做雪橇犬的过程中历尽苦难与虐待，最后终于凭借自己的智慧和勇气，找到了属于自己的自由。读了这个故事，我们要更加爱护动物，并学习巴克的勇气和智慧。

荒野的呼唤

幸福的生活过去了

温暖的阳光常年照射着圣克拉拉山谷，山谷中有一座房子，房子掩映在郁郁葱葱的绿树中，一条砾石铺成的车道穿过树下广阔的草地，一直通向那座房子。一排排供仆人居住的小屋被绿色的藤蔓覆盖着；外屋周围，葱绿细长的葡萄藤向四周生长。水草丰美的牧场、果实累累的果树林和让人垂涎欲滴的浆果地也都是极美的景色。这里还有自流井和一个用水泥砌成的大游泳池。在炎炎的夏季，男孩子们经常泡在游泳池里避暑。这里就是大法官米勒的家。【🏠环境描写：用生动的语言描绘了幽静美丽而充满生机的环境，为以后巴克的变化做了铺垫。】

巴克已经四岁了，它就出生在这座房子里。它是这片领地上的王，和巴克比起来，别的狗都不起眼。它们无声无息地来去，住在拥挤的狗窝里，或者隐藏在某个角落，丝毫引不起别人的注意。

但巴克不一样：它可以同大法官的儿子们一起游泳、打猎，可以在空气清新的早晨或美丽的黄昏陪同大法官的女儿们外出散步，可以在漫长而寒冷的冬夜里躺在主人的书房中烤火，可以让大法官的孙子们骑在它的背上，跟他们一起在草坪上打滚，或者穿过草坪去探险。

巴克有着优良的血统，它的父亲埃尔莫是一只体形庞大的圣伯纳德犬，它的妈妈谢普是一只苏格兰牧羊犬，身材比较矮小。它可能遗传了妈妈的体型，体重只有63千克，但这并不妨碍它受到尊重。在过去的四年中，它过着非常满足的贵族生活，连它自己都感到自豪。但是巴克从不为自己生活在这样舒适的环境中而改变自己，它还是积极地寻找一切机会，跟着主人出去打猎，到郊外的旷野里奔跑，所以它的身体并没有因为这样舒适的环境而变胖，相反它变得愈加强壮，在这个家中，它的地位从来没有被撼动过。

1897年的秋天，人们在克朗代克河沿岸的河谷地区发现了金矿，世界各地的淘金者都来到了冰天雪地的北方。在那些地方，运输任务主要靠狗来完成，所以很多淘金者都想得到优秀的狗来为自己干活。狗皮也成为狗走俏的原因之一，因为狗皮非常暖和。当然，这一切巴克统统不知道，它更不知道雇佣工人曼纽尔是一个破坏它幸福生活的坏家伙。

一天晚上，大法官米勒外出参加一个会议，男孩子们正在商量组织一个体育俱乐部。就在这个时候曼纽尔和巴克一起穿过果园离开，这件事情并没有引起人们的注意。巴克也以为他俩只是出去散步，并未对曼纽尔起任何疑心。他们走到了一个小小的火车站，这时候有一个陌生人过来，围着狗转了两圈，就和曼纽尔商量买卖巴克的价钱了。巴克可以很清楚地听到金钱在两人手里交换时发出的声音，但是它不知道会发生什么。

"看样子这只狗非常厉害，你帮我把它拴好了。"那个陌生人显然感到有点害怕。于是曼纽尔就拿出一根绳子，在巴克的脖子里缠了两遭，这样，巴克就不敢随便乱动了。

"它不听话的时候，你只要一拉绳子，它就会透不过气来的，然后就会乖乖地跟你走了。"【📖语言描写：这两段对话既从侧面表现出了巴克的勇猛，又点明了这两个人的残忍和狡诈。】曼纽尔回答说。那个陌生人嘴里嘟囔了一句谁也听不清楚的话。

可恶的曼纽尔在给它拴上绳子的时候，巴克没想到要反抗，因为在它的头脑当中没有"不怀好意"这样的字眼，【📎成语：指的是没有什么好心

眼。这里写出了巴克的单纯和善良。】它接触的人们都对它非常友好，巴克从没想到，它会成为他们的交易对象，也不会想到它的厄运就从这里开始了。

可是当那个陌生人拿起绳子时，巴克忍不住了，它发出阵阵哀嚎来表明自己的不快，虽然它叫得很委婉。然而接下来的事让巴克感到愤怒了，那个陌生人猛地一拉，绳子紧紧地勒在巴克的脖子上，让它喘不过气来。巴克勃然大怒，猛地向那个陌生人扑了过去。那个人尽力躲闪，并且死死地抓住拴在巴克脖子上的绳子，巴克瞬时就被甩翻到地上。绳子又一次被拉紧了，巴克疯狂地挣扎，舌头露了出来，喘着粗气，胸脯一上一下地起伏。它表现得非常愤怒。但似乎它已经筋疲力尽了，只能任人摆布。【动作描写：把狗挣扎的动作描写得淋漓尽致，突出地表现了巴克在残忍的人类面前的无奈和无助。】当列车停下来时，这两个坏蛋把几乎失去知觉的巴克扔进了车厢。

就这样巴克一直处于迷糊的状态之中。它不知道自己已被装上了火车，也不知道自己将要被送到什么地方去。不久，巴克醒了，它知道它在火车里。这不禁让它回想起跟大法官米勒一起旅行时坐在行李车厢里那种舒服劲儿了。

一想到这些，巴克眼里便流露出无法控制的愤怒。这种愤怒的眼神使陌生人感到害怕，他扑过来想给它一下子，但是巴克闪开了。巴克猛地咬住那个陌生人的手，说什么也不松口，直到脖子上的绳子勒得它喘不过气来。

打斗声惊动了正在巡视的列车员，那个陌生人慌忙把被咬伤的手藏了起来，说："这只狗的病又发作了，我得把它带到旧金山，那儿有一个非常好的兽医，他能治好这种疯病。"于是，巴克被陌生人带到了旧金山和一家酒馆的老板见了面。

"辛辛苦苦地跑了一趟，竟然给了这么少的钱。"陌生人嘟囔道，"下次就算多给我10倍的现金我也不干了。"

"给了那家伙多少钱？"酒馆的老板看着被咬伤的陌生人问道。

"100块，"陌生人回答说，"少一分钱他都不干。"

　　一番合计之后，两个人自认为还有些赚头，就商量着把巴克塞到一个木箱子里。

　　巴克发出了愤怒的嚎叫，它不停地挣扎，但是它已经很虚弱了，最后酒馆老板和陌生人解开拴在巴克脖子上的绳子，一下子把它扔进了角落里的一个箱子里。箱子很小，巴克只能趴在里面。

　　巴克趴在箱子里，不禁回想起以前的舒服生活，可是现在一切都没有了，它弄不明白是怎么回事。它什么也弄不明白，尽管这样，巴克仍隐隐约约地预感到灾祸即将到来。第二天早晨，四个男人走进来将关着巴克的箱子抬到了外面。巴克在箱子里对他们发出一声声怒吼，可他们只是笑个不停。他们还不停地用木棍拨弄巴克，巴克一下子咬住木棍，再也不肯松口。直到最后巴克才搞明白，这伙人只是拿它取乐。【🏠动作描写："笑个不停""拨弄"这一连串的动作生动形象地表现了人类对动物的无情。】于是，巴克不动了，任凭他们把箱子抬上一辆运货物的马车。这之后经过几次转手，最后它被扔进了一节快车车厢。

　　巴克在这节车厢里呆了两天两夜，没吃没喝，极端的愤怒令它几乎发疯。巴克的眼睛里布满了血丝，成了一个狂暴的魔鬼。它变得与过去不同了，此时恐怕连大法官米勒也认不出它来了。终于，在西雅图他们把巴克卸下来了。

　　四个男人小心翼翼地把装着巴克的箱子从马车上抬到一个后院里。一个又矮又胖的男人走了出来，签了接收单。这个矮胖子穿着红衬衣，一脸的横肉，一看就是一副穷凶极恶的样子，【⚔成语：用生动简洁的语言写出了红衣人的极端凶狠和残暴。】他一只手里拿着棍子，另一只手里拿着一把斧头，满脸狞笑地走到箱子旁边。

　　他把斧头砍进箱子里，准备撬开它。

　　那四个把箱子抬进来的男人立即跑开并迅速爬到墙头上，开始欣赏一场好戏。

　　随着斧头不断地落下去，木箱子一点点地散架了，箱子上的缝隙越来越大，巴克急切地想出去，所以它随着斧头不断地跳来跳去，并且发出一声声怒吼，而那个矮胖子却好像在故意逗它。

终于斧头砍出一个足以让巴克钻出来的洞，巴克钻了出来，矮胖子把原本拿在左手上的木棍换到右手上。

巴克终于冲出了箱子，两天以来，它蜷缩在箱子里面，感觉受了极大的委屈。出来以后，巴克的愤怒终于爆发了，它浑身的毛竖了起来，嚎叫着，带着满腔的怒火向那个矮胖子冲了过去，矮胖子只是冷冷地盯着它看，嘴里发出狞笑。突然，巴克感到鼻子上一阵疼痛，它叫了一声，从半空中狠狠地摔到了地上，下巴磕到地面上，巴克感到牙都要磕掉了。这让巴克感到痛苦万分。

它从地上站了起来，冲着那个矮胖子又勇猛地扑了过去，结果和上一次一样，巴克痛苦地倒在了地上。似乎这一次比上一次更重一些。可是巴克已经不顾一切了，它好像疯了一样，不顾一切地又冲了上去。每一次，它都被矮胖子手中的棍子无情地打翻在地。就这样连续十几次，巴克终于没有了力气。

可怜的巴克慢慢地俯下身子，它已经头昏眼花了，它有气无力地摇晃着身子，鼻子、嘴巴和耳朵里流出的鲜血溅到它的毛皮上。矮胖子走过来，对着巴克的鼻子又是狠狠一击。巴克哀嚎起来，再次向矮胖子扑过去。矮胖子把木棍换到左手，用右手抓住巴克的下颚，使劲往地面摔去，巴克在空中整整转了一圈半，狠狠地撞到冰冷的地上，完全失去了知觉。

慢慢地巴克恢复了知觉，它没有动弹，只是抬着头望着那个穿红色衬衫的矮胖子，眼睛里充满了<u>无可奈何</u>的神情。【✂成语：指事已如此，想挽回已无能为力。在这里表现了巴克的无助和无奈。】矮胖子伸出手，拍了拍巴克的头。巴克的毛发下意识地又一次竖了起来，但是它忍住了。

时间一天天地过去了，院子里又增加了从不同地方运过来的狗。它们的情形和巴克差不多，也是从不同的狗贩子那里弄到的。刚开始的时候，它们也是拼命地挣扎，但是那个矮胖子自有对付它们的一套。同样的场景在巴克的面前显现了很多次，那些狗的哀嚎声让巴克有一种兔死狐悲的感觉。【成语：比喻因同类的不幸而感到悲伤。这里写出了巴克听到狗的哀号时悲伤的情绪。】慢慢地这些狗都学会了服从，那些不听话的狗就被矮胖子活活地打死了。巴克从这些悲惨的场景当中学会了很多的东西，它知道如果不听话，它的下场会和那些死去的狗一样，所以它必须等待机会。

院子里时不时地会有陌生的男人过来，他们转几圈之后，就会有一两只狗被带走。以后它们再也没有回来过。巴克知道，它也会被带走的，但是不知道会被带到哪里。

终于轮到巴克了。这时候，它看见一个个子矮小、体型十分消瘦的男人走了过来。那个男人大概四十多岁的年纪，巴克听见矮胖子叫这个人佩罗，知道这个人是加拿大政府的一名雇员。他说着不太地道的英语，说话很是粗鲁。看到巴克，他眼睛里满是兴奋，因为巴克的确是一条好狗。经过一番讨价还价之后，巴克被带走了，同时被带走的还有一只纽芬兰犬柯利。

走了很长时间，巴克和柯利来到了海边，佩罗把它们安排到甲板的下层，交给了另外的一个人，佩罗叫这个人弗朗索瓦。这条船被他们叫作"独角鲸"。他们两个人都是加拿大人，同样都是法裔，所以他们的皮肤很黑，不一样的是，似乎弗朗索瓦的皮肤更黑一些。巴克一点也不喜欢这两个人，因为就是他们把它带到这个地方，让它远离了亲人朋友还有舒适的生活。但在巴克眼里它感觉到他俩是同一类人，虽然它对他们一点儿感情也没有，但它已经学乖了，它知道如何才能让自己免遭毒手。从以后的几天来看，巴克知道佩罗和弗朗索瓦都是正直的人，对待这一群狗，这两个人毫不手软，但是他们不会随便就收拾它们。只是在它们犯错误的时候，这两个人才会挥动手中的鞭子，给他们以必要的惩罚。

在这个不大的空间里，巴克和柯利又遇到了同样被贩卖过来的同伴。其中一只是白色的，很友好的样子，但实际上它是一个非常讨厌的家伙。巴克非常不喜欢这个奸诈而狡猾的家伙。有一次，它在吃饭的时候和巴克套近乎，脸上挂满了笑容，但是却趁着巴克不注意，偷走了它的食物。这让巴很气愤，于是它就扑上去，准备狠狠地教训那个家伙一顿。这件事情正好被弗朗索瓦看见了，弗朗索瓦的鞭子无情地打到那个虚伪的家伙身上，这件事让巴克对弗朗索瓦产生了好感，它认为弗朗索瓦还算是一个正直的人。

另外一只狗的名字叫戴夫，它是一条老实本分的狗。看来是被打怕了，它没有丝毫不安分的表现。不过它似乎有一个怪癖，它不去和其他的狗套近乎，当然其他的狗也不去理会它。它只是独自皱着眉头，一副不开心的样子。

它单独呆在一个地方，对其他的任何事情都不感兴趣。这一点很快就被证实了，独角鲸号穿过夏洛特皇后海峡时，船在急流当中颠簸，<u>别的狗都很兴奋和害怕，只有戴夫好像被打扰似的抬起头，毫无兴致地瞅了一下，又独自躲到一边去了，看起来既懒散，又有点萎靡不振。</u>【🏠细节描写：这一细节描写，把戴夫孤僻的性格特征表现了出来，使我们对戴夫有了一个直观的印象。】

独角鲸号昼夜不停地随着海浪起伏，巴克明显感觉到天气越来越凉了。一天早上，独角鲸号终于停了下来，难熬的海上航行终于结束了，整个船舱的人们欢呼起来，巴克它们也对这未知的环境充满了兴奋。弗朗索瓦用皮带拴住这些狗，将它们带到甲板上。船面上白茫茫的一片，地面上也是这样，巴克不知道自己到了哪里，它感觉到有点吃惊和好奇。他们就这样在这里临时住了下来。

生存的法则

这是它们呆在迪亚海滩的第一天，巴克感到非常吃惊。在这里，日光浴没有了，舒适的生活没有了，有的只是和别的狗一起东飘西荡。它们必须自己寻找食物。这里到处充满狂热，毫无安全可言，所有的人和动物都得谨慎小心，因为大家都在为了自己的生存而努力地争抢地盘、食物还有其他的一些必需的东西，一不留神就会丢了性命。一时间巴克感到手足无措。

【☆成语：这个成语生动传神地写出了巴克到了一个陌生的环境当中，一时不适应的状况。】它不知道自己该如何生活。以前的环境太优越了，优越到使它几乎忘记自己是条狗。但是，随即一个模糊的想法在它头脑中产生了，不知道为什么，它想到它的祖先，它的祖先原来就是在这样的环境当中生存的。

巴克亲眼目睹了一次激烈的搏斗，这让它明白了一个道理，这儿的狗都像狼一样残忍，它们这里没有什么仁爱可言。当然，巴克并没有参与，但是它亲眼目睹了整个事件的过程。这一次的牺牲者是柯利。当时，柯利和巴克被临时安排在一个仓库附近，在它们旁边有一只非常强壮的狗，那只狗还赶不上柯利一半大，但长得非常健壮，很有爆发力。柯利是一条非常温顺的狗，它慢慢地向它靠近，想打个招呼表示友好的态度，可它一看到柯利靠近，就突然跳了起来。柯利还没有弄明白是怎么一回事，就被这突如其来的袭击打懵了。它的脸上满是鲜血，它痛苦地惨叫着，和那只狗扭打在一起。

这时候三四十只爱斯基摩犬突然跑过来，将两只扭打在一起的狗围在当中，眼睛里充满对食物的渴望。柯利想用力推开压在它身上的那只狗，但那只狗却灵活地闪开了。当柯利再一次用力时，那只狗一闪，又狠狠地撞了它一下，柯利倒在了地上。它还没有来得及爬起来，一旁观战的爱斯基摩犬就疯狂地扑了过去，将柯利压住，不停地撕扯，可怜的柯利就以这样的方式结束了自己的生命。【█动作描写："扑"、"压"、"撕扯"几个动词生动传神地把那群爱斯基摩犬对待同类的狠毒劲儿表现了出来。】

看到这种情况巴克大吃一惊，它看见那只叫斯皮茨的狗站在一旁，伸着血红的舌头，脸上一副幸灾乐祸的表情。【✕成语：用这个成语生动形象地写出了斯皮茨看到柯利遇难时表现得毫无同情心的样子。】等到弗朗索瓦赶走那些凶恶的爱斯基摩犬时，可怜的柯利已经体无完肤、奄奄一息了。

从此巴克记住了这个血腥的场面，也记住了这条叫斯皮茨的狗，它想，它一定会教训这个卑劣的东西的，但不是现在。同时，它也知道在这里生存是非常艰难的一件事情，在任何情况下，都不能首先倒下去，否则等待它的就只能是一场厄运。

不久以后巴克就知道自己干什么了，弗朗索瓦把一套皮带及搭扣系在了它的身上。巴克知道这叫"挽具"，那是马夫们套在马身上，让马干活儿的家伙，它从前见过。现在，巴克将和那些马一样，套着挽具干那些它从来没有干过的活了。巴克想到反抗，但它知道那只是徒劳。它现在唯一能做的就是服从，这也许就是它的命运。

弗朗索瓦是个严厉的人，他手里的那根鞭子一响，狗队里的狗就会乖乖听话。在狗队里，戴夫拉着雪橇，被称为辕狗，它非常有经验，拉雪橇时不管是谁出错，它都会咬它的后身。斯皮茨是领头的，跑在队伍的最前方，由于够不着其他狗，它只能不时发出嗥叫以示责怪那些犯错误的狗。在这种情况下，巴克很快就掌握了技巧，它能领会那些口令的意图，知道什么时候停止，什么时候前进，什么时候应该转弯，当然它也懂得了如何保护自己。回到营地后，弗朗索瓦对佩罗赞不绝口，称赞巴克学得非常快，基本的要领已经掌握了。

下午，佩罗出去送了几份重要的文件，回来的时候又带回了两只狗，一只叫比勒，一只叫乔。它们都是纯正的爱斯基摩犬，但性格却大不相同。比勒善良老实，而乔的脾气却比较古怪。

傍晚，狗队里又增添了新的同伴，这是一只名叫索莱克斯的爱斯基摩犬。索莱克斯体型较长，虽然很瘦，但一看就是一个好战分子，这从它脸上的伤痕和那只独眼就可以看出来。它很忌讳别的狗盯着它的瞎眼看，如果有狗胆敢这样，那么那只狗肯定是要倒霉的。

好斗的斯皮茨急于树立自己的领头狗地位，对三只狗毫不客气地痛施杀手，但效果却不一样，比勒唯唯诺诺，遭到咬伤。而对付另外的两只狗时，斯皮茨却没有赚到便宜，相反这两只狗表现得非常凶悍，这让斯皮茨感到害怕，它很不高兴，也很没有面子。不过，它再也不敢那么蛮横地了对这两只狗。

寒冷的黑夜降临了，巴克不知道自己应该在哪里休息。巴克想钻到佩罗和弗朗索瓦的帐篷里，可是佩罗和弗朗索瓦一看到巴克就勃然大怒，甚至要打巴克。它只得逃到外面。这和它以前在庄园里的时候截然相反，在庄园里，只要是冬天，它都会偎依在火炉旁打盹的，主人不仅不会打它，还会和它一起玩。现在不同了，这两个主人看来并不喜欢它呆在屋里。对于他们来说，这群狗只是拉车的工具，而不是朋友。【◎对比：通过庄园生活的舒适和野外生存环境的恶劣对比，突出了巴克现在生存的艰难。】

外面冷极了，巴克耷拉着尾巴，浑身都快要冻透了，它在冰天雪地里漫无目的地转来转去，试图找一个暖和的地方睡觉。忽然，脚下的雪陷了下去，一个软乎乎的东西在脚底动了起来。它警觉地跳回地面，朝那看不见的东西发出警告。雪下面传来一阵非常和善的狗叫声。巴克走过去，看见比勒舒服地躲在里面。它用它那温暖湿润的舌头去舔巴克的脸，巴克知道它对自已并没有什么恶意。

巴克突然明白它应该去哪里休息了，它迅速地找了一个地方，开始手脚并用地挖了起来，由于剧烈的运动，它的身体不再寒冷，相反从里到外都感到非常暖和。不一会儿，洞挖好了，它赶紧躲了进去，很快就进入了梦乡。

早上，营地里传来一阵惊呼声，这让正在睡梦中的巴克猛然惊醒。它伸了个懒腰，大叫一声，纵身跃出自己的洞穴。它看到，漫天飘舞的大雪让整个营地都成了白茫茫的一片。【✗成语：用简洁的成语写出了大雪纷纷的冬季景色。】这让巴克感到无比的兴奋，它从来没有看到过这样大的雪，营地里的惊叫声也是由此而来。

这时，狗队中又增加了三只狗，现在它们一共有九只，所有的狗都被套上了挽具，奔向了下一个目的地——迪亚峡谷。它们相处得很融洽，就连戴夫和索莱克斯都不例外，它们都想好好地表现自己，以便得到佩罗和弗朗索瓦的重用。

斯皮茨是领头的狗，跑在狗队的最前面，巴克紧跟在斯皮茨身后，而戴夫还是干着它的老本行，做辕狗，最后面的是索莱克斯。佩罗的用意非常明显，斯皮茨和戴夫非常有经验，他要用这两只狗来调教巴克，因为他看准了巴克和斯皮茨同样优秀。只要巴克一犯错误，它们就会很快纠正它。只要是犯了错误，戴夫会随时咬巴克一口，但是它从不无缘无故咬巴克。有时候，弗朗索瓦也会挥动手中的鞭子。巴克明白了有错就改的道理。只花了一天时间，它就熟练地掌握了各种技巧。佩罗甚至关心起它是否受伤来了。

这一天，它们前进得非常辛苦。狗队从迪亚峡谷出发，蹚过凶险的冰河和雪堆，越过崇山峻岭，很晚的时候，他们才到达了一个宿营地——贝内特湖，队伍这才停下来。当晚，巴克又在雪地里挖了一个大深洞。它奔波了一天，早已筋疲力尽，一躺下就酣然入睡了。

第二天清晨，天刚蒙蒙亮，巴克和同伴们就迎着呼啸的北风出发了。【🔍动词：一个"迎着"生动准确地表现了旅行的艰难。】这一天，路很好走，它们跑了60多公里。可是以后的路就难走了，因为地上根本无路可循。它们只好边开路，边走路，因此走得十分缓慢。

就这样日子一天一天地过去了，巴克它们总是天刚亮时就上路，天黑后才能停下来休息，机械地重复着枯燥的生活。巴克体形比一般爱斯基摩犬的体形大，每天虽然有一斤半的鱼吃，但对于它来说还是不够，所以它感觉到有点饿。

在庄园里的时候，巴克是很挑食的。一开始的时候，巴克还不习惯吃这些食物，而这种习惯让同伴们有了偷它食物的可乘之机。为了自己的身体着想，巴克改掉了这个毛病，这样别的狗就无法偷到它的食物了，与此同时，它也学会了偷其他狗的食物。一天，巴克偷到一块肥肉，这让它美美地吃了一顿。不过事情很快就被查出来了，但伪装得很好的巴克没有受到怀疑。相反经常干坏事的杜布成了替罪羊，被佩罗狠狠地用鞭子抽了一顿。这是一个弱肉强食的环境，谁适应能力强，谁就会生存下来，那些不适应环境的早晚会被淘汰。显然巴克已经慢慢地学会了如何更好地生存。另外巴克还学会了它原先以为很可耻的事情——和其他的狗争斗。

在这里，它那些优秀的品质表现出来了：它有着非常出色的适应环境的能力。它身上的肌肉变得非常坚硬，它改变了自己挑食的毛病，它的感觉变得异常地灵敏，它学会了在硬梆梆的冰面上找水喝，它能听到哪怕是很小很小的响声，并且根据声音能辨别出它即将处在怎样的环境当中……最为难得的是它能根据一点点征兆判断出风的走向。【🔍排比：一连串的排比句，突出表现了巴克的进步之快和适应环境的能力之强，这些将成为它以后安身立命的根本。】所以，它的窝在所有的狗窝中是最背风、最舒服的一个。所有的一切都让它受益匪浅。这个残酷的环境让巴克学会了很多实用的东西。

巴克的本能在这几天的生活里也渐渐地苏醒过来了。它时常回想起祖先们的生活——奔跑在无边的旷野里，发出长长的凄厉的嚎叫。尤其是在寂寞寒冷的黑夜，巴克时常会有一种莫名的冲动。它也会对着天空和空旷的原野发出长长的呼喊，这像极了它的祖先们。它已经慢慢地开始习惯这种生活了，也只有在这无边的暗夜里它才能够尽情地释放自己，所有的痛苦悲伤和落寞都在这一声声的长啸中烟消云散。

野性在复苏

每天天还没亮，巴克就和同伴们一起出发了。路上它们会遇到各种各样的困难。路途艰苦不算什么，最要命的是它们的食物永远只有那么一点。

巴克并没有被困难吓倒，它身上的原始兽性逐渐复苏了。但是巴克已经学会了隐藏自己，所以谁也没有看出它的这种改变。它每天都在适应新的生活，也在新的生活里学到更多的本领。斯皮茨依然向它挑衅，但是巴克非常冷静，因为它知道时机还没有成熟。虽然如此，斯皮茨却认为巴克是一个潜在的危险的对手，它不时地向巴克挑衅，冲巴克龇牙咧嘴，【成语：用简洁生动的成语形象地写出了斯皮茨故意向巴克挑衅的情形。】甚至故意向巴克发难，试图挑起争斗。

一天傍晚，旅途结束了，他们在勒·巴奇湖岸宿营。这个时候雪突然下起来了，漫天飞舞的大雪加上呼啸的寒风，让他们无处藏身。为了减轻雪橇的重量，他们已经把帐篷扔在了迪亚，如今佩罗和弗朗索瓦只能露宿在冰上，火也生不起来了，因为木头被融化的冰弄湿了，根本无法点燃，两个人只好在寒风和黑暗中胡乱地吃了一点。

同以前一样，巴克在紧挨岩石的地方找到了一个好位置，布置好自己的小窝。它太累了，连弗朗索瓦准备的晚饭都已经引不起它的兴趣了。不过为了明天它还是去了。等它吃完回来，却发现自己舒适的窝已经被斯皮茨占据了。虽然巴克一直克制自己，可斯皮茨的行为却让它愤怒了。它咆哮起来，怒吼着向斯皮茨猛扑过去。这样的行为让斯皮茨感到大吃一惊，它一直认为巴克只是一个懦弱的家伙，根本没有胆量和自己作对，所以它万万没有想到，这次巴克居然敢和自己正面冲突起来。

两只狗在一瞬间就扭打在一起，从窝里滚到冰面上，在冰面上它们不断地互相攻击。看到这种情景，弗朗索瓦虽然很恼怒斯皮茨，但是为了狗队的团结，他却采取了一种息事宁人的态度，他让巴克把窝让给斯皮茨。即使这样，斯皮茨依然不依不饶。它发出猛烈的嚎叫，来回绕着圈子，用敏锐的眼光捕捉进攻的机会，一有机会，它就会从半空中一跃而下。此时的巴克也同样焦急，但是它仍保持着冷静的头脑，不停地绕着圈子，它在等待最有利的时机，想把斯皮茨摁到地上。正在这个时候，一件突如其来的事情打断了它们的争斗。

一群饥饿的爱斯基摩犬拖着消瘦的身子，从远处悄无声息地来到了他们的营地，它们可能是闻到了食物的味道，想从这里攫取美味可口的食物，那些老弱病残的狗当然也会成为它们的美餐。

佩罗和弗朗索瓦首先发现了这些入侵的狗。佩罗和弗朗索瓦不断地挥舞着手中的木棍来驱赶入侵者；狗队里的狗也开始了反击，因为它们知道现在它们是同一个战壕里的。巴克从来没有见过像这样疯狂的狗。<u>那些爱斯基摩犬像骷髅又像幽灵，眼睛里发射出绿光，口水从牙缝间直流到地上。</u>【🏠 **肖像描写：**这一肖像描写把那些饿疯了的爱斯基摩犬的恐怖可怕的群体形象描绘出来，给人一种不寒而栗的感觉。】它们凶残的样子让这一群狗不寒而栗，此时此刻，要想活下来必须斗争到底了。

就这样，一场混战爆发了。三只爱斯基摩犬围过来攻击巴克，转眼间巴克的头上肩上就已经伤痕累累；戴夫和索莱克斯也不例外，可它们还是凶猛地战斗着；乔像平常一样凶猛，发出令人恐惧的叫声，勇猛地扑了上去；爱装病的派克也向一只受伤的爱斯基摩犬扑去。所有的狗都同仇敌忾。

可是斯皮茨却趁着巴克攻击敌人的时候，突然对准它的后背咬了一口，一阵钻心的疼痛让巴克狂叫起来。

这时的巴克准备和其他同伴突围，可是斯皮茨却再一次对着巴克冲了过来。巴克明白只要它一倒下去，那群爱斯基摩犬就会压过来，那时候它的末日就到了。于是，巴克转过头来奋起反击，然后迅速地追上了前边逃跑的同伴们。

一路狂奔，狗队里的九只狗都逃到了树林里，聚在一起。幸运的是，那群恶狗并没有追上来，可能它们在乎的只是食物。

巴克看了一下，狗队里每一只狗都挂了彩。杜布的一条后腿被撕破了，伤口处正滴着血；多利喉部被撕开了一个大口子，随时都有生命危险；乔失去了一只眼睛。而自己呢，肩部受到重伤。【🏠细节描写：详细地描写了狗队受伤情况的严重，表现了战争的激烈残酷，同时也从侧面反映出斯皮茨的阴险和恶毒。】只是没见斯皮茨这只可恶的家伙，巴克下定决心要报仇了。

黎明的时候，这支被打败的队伍一瘸一拐地结伴回到营地里，每个成员都受了伤，走起路来，显得格外狼狈。巴克发现营地里空荡荡的，入侵者已经走了，食物也被洗劫一空，其他东西也遭到严重的破坏。他们咬断了拉雪橇的绳子，其他能吃的东西也都不见了踪影。

弗朗索瓦看着这一切，情绪非常低落。他的心像被掏空了一样，这一次的损失太惨重了。等他回过神来，才发现更糟糕的事情——他的狗都已受了非常严重的伤，这让他感到心疼。他慌忙走过去，查看每只狗的情况。当看到狗的伤口和还没干的血迹时，他的心更痛了。"上帝呀，怎么会这样呢！这些可怜的狗啊！那些恶狗真可恶！"

看到这种情况，佩罗也无可奈何地摇了摇头。到目的地还有640公里的路程，如果狗群要感染疾病的话，那么就无法顺利地完成任务了。两个人开始整理已经破烂不堪的营地。费了好大的劲，他们才把所有的东西整理好。

休息了一会儿，这支队伍又出发了。这是一段非常艰苦的旅程，狗全部都受了伤，拉车的工具也全都破烂不堪了，一路上他们走走停停，走得非常缓慢。但是巴克它们还是忍着疼痛赶路。

现在出现在他们面前的是一条河，河面很宽广，水流湍急。河面上到处都是碎冰，即使结冰的地方也显得比较危险，【🏠环境描写：通过对河流的又急又险的描写，写出了本次旅行的艰难。】

佩罗在前面探路。他把一根长竿横在腰间，这样不至于掉到冰窟窿里，即使掉进去，也没有生命危险。他慢慢地走，十几次都掉进去了，但是有惊无险。这个时候的气温是零下50摄氏度，每次他爬上来，烤干衣服又慢慢地前进了。也正是因为这样，佩罗才被加拿大政府选中做信使。他的野外生存能力很强，不论多么恶劣的条件，他都能够很快地适应，并且获得成功。他凭借自己的经验，绕开了很多困难，这使得河面上的行程减少了很多麻烦。

即便是这样，他们还是遇到了危险，有一次戴夫和巴克不幸落水了。佩罗他们费了九牛二虎之力才把它们拉了上来，救了戴夫和巴克的小命。还有一次，斯皮茨也掉入冰窟窿当中。它跑在最前面，正因为这样，整个队伍都受到了拖累。很快，巴克也要被拖进水里了，它使出浑身力气试图控制局面，想把斯皮茨拖出来，但是冰面上很光滑，巴克慢慢地向洞口滑去。它仰起脖子，用两只前脚抵住冰洞边缘，不让自己滑下去。整个狗群都在往后拖住雪橇，更危险的事情出现了，冰面发出了咔嚓咔嚓的声音，【🎵拟声词：生动传神地写出了冰面破裂的声音，表现了情况的危急。】并且出现了很大的裂缝，狗群开始慌乱起来。在这千钧一发的时刻，弗朗索瓦从雪橇上跳下来，紧紧抓住绳子，拼命往后拖，斯皮茨上来了，可是冰面上的裂缝也在继续扩大，如果逃不出去，他们就都完了。他们面前正好有一面崖壁，如果爬上去了，他们就能避免灾难了。佩罗带头爬了上去，弗朗索瓦则在一旁默默地祈祷，希望能够躲过这一劫。

佩罗终于爬了上去，他将皮带以及挽具的带子系成一根长绳。弗朗索瓦则把绳子拴在狗和货物上，佩罗把他们拉了上去，最后上来的是弗朗索瓦。随后，他们摸索着寻找下去的路。当他们回到结满冰的河面上时，天色已经很晚了。

　　等到他们到达目的地的时候，所有的狗都已经虚脱了，巴克也是这样。短暂的休息过后，他们开始了更为艰苦的行程，三天的时间它们跑了160多公里。

　　巴克和其他的爱斯基摩犬不一样。它们的脚掌都非常坚硬结实，可巴克却不是。巴克已经娇生惯养惯了，它的娇嫩的脚掌已经磨破了，几乎全是伤口，而这寒冷的天气尤其不适合伤口愈合。巴克每天忍着剧痛前进，每当停下来，它就会瘫倒在地，一点儿也不想动了。弗朗索瓦只好把鱼送到巴克面前。晚饭后，他还亲自给巴克洗脚、按摩、敷药。可是，巴克的痛苦依旧没有减轻，它脚上的伤病似乎更厉害了。最后，弗朗索瓦只有把自己的鹿皮靴子用刀子割开，用这些东西给巴克做了四只脚套。自从穿上脚套之后，巴克脚上的伤慢慢地好了起来。

　　<u>甚至于巴克穿脚套成了一个习惯，如果哪一天弗朗索瓦不给它穿上脚套，它就会四脚朝天地赖在地上，直等到脚套穿上了，巴克才从地上爬起来，然后美滋滋地去干活。</u>【📖细节描写：简单的细节描写说明巴克已经学会了保护自己，学会了如何争取自己的利益。】这样的事情让弗朗索瓦哭笑不得，就连佩罗也是如此，这可以算是枯燥行程中的笑料了。

　　在这旅途当中，总会发生一些意外的情况。多利一直都是一条老实本分的狗，可是那一天它突然发疯了。它发出凄厉的叫声，一听就不正常，这叫声惊动了正在忙活的其他狗。随后，它向巴克扑了过去。

　　这样的事情巴克从来没有见到过，它很害怕，于是拼命地逃了开去。巴克一路狂奔，就像是离弦的箭一样，多利在后面追，就像是它们两个之间有什么深仇大恨似的。快速的奔跑让多利吃不消，它很快开始气喘吁吁，并且口吐白沫了。巴克一点儿也不敢停留，它从一个高地冲向另一个高地，跳到河面上，又回到路上，耳边只有呼呼的风声还有多利的喘息声，巴克的心里充满了恐惧，这让它想到了死亡。这时，弗朗索瓦的声音从远处传来，巴克像是抓住了救命的稻草，连忙转身往回跑。这会儿多利离它更近了，巴克感到万分恐惧，现在弗朗索瓦是它唯一的希望，它认为这个人一定能够救它。弗朗索瓦手里拿着斧头看着它们，等巴克从他身边跑过，他抡起斧头把多利砍倒在地。

这时候，巴克停了下来。它胸口不停地起伏，它已经筋疲力尽了，慢慢地挪到雪橇边休息。【✍动词：一个"挪"字写出了巴克长途奔波之后的疲惫，用得很到位。】这时候一个意想不到的情况出现了，斯皮茨猛地向毫无防备的巴克扑过去，一下子从巴克身上撕下一大块肉来。弗朗索瓦看到这种情况，拿起手上的鞭子甩了过来，劈头盖脸地打了过去，斯皮茨不停地哀嚎，看到斯皮茨被打得入地无门的样子，巴克心中很是高兴。

"该死的斯皮茨，说不定哪天就会把巴克报销了。"佩罗恼怒地说。

"那个巴克也不是善茬儿，说不定哪天它就会把斯皮茨咬死在雪地上。你就等着瞧吧！"弗朗索瓦反驳说。

从这时候起，巴克和斯皮茨的矛盾已经不可调和了。斯皮茨从前见过的南方狗大都胆小怕事，不堪忍受北方的寒冷，最后惨死。可是巴克却不同，它的忍耐力、适宜环境的能力以及表现出来的天性让它感觉到有一种威胁正在靠近。而这一切让斯皮茨感到恐惧，它很害怕有一天巴克会取代它的位置，成为领头狗。所以斯皮茨千方百计想找机会干掉巴克。【🏛心理描写：这一段细致的心理描写表现了斯皮茨面对对巴克的顾虑重重。】而巴克却一直在等待。

巴克的心里慢慢地有了一种说不出的欲望，虽然它说不出来，但是它知道那正是它需要的，它想支配这只狗队。这样就可以让狗队里的狗拼命干活，可以让斯皮茨对它俯首帖耳，【🏹成语：生动传神地写出了巴克战胜斯皮茨的极度渴望。】可以让自己生活得更加幸福一些。这种对权力的渴望，让巴克激动起来。

于是巴克开始渐渐变得主动起来，它根本不理会狗队里的纪律，它故意跟斯皮茨并排走在一起，目的就是向斯皮茨挑衅，激它动手。

　　这天晚上，天上下起了沸沸扬扬的大雪。第二天早上，整个营地变成了雪的世界。狗队又准备整装待发了。除了派克以外，其他的狗都到了。很明显，派克又准备装病了。弗朗索瓦不停地在营地里呼唤，派克还是一直不肯出来，弗朗索瓦到处寻找，但雪那么大，怎么能够找到呢？斯皮茨发怒了，它到处乱窜，把鼻子贴在雪上到处乱闻，恨不得挖地三尺。

　　最终派克没有能够逃脱，被斯皮茨从雪地里揪了出来。斯皮茨带着满脸怒气冲向派克，准备狠狠地教训它一顿。巴克看到这里，冲了过去，跳到它们两个中间，狠狠地把斯皮茨撞到了一边，斯皮茨摔倒在冰冷的雪地上。派克也突然不再害怕斯皮茨的权威，嗷的一声扑了过去。三只狗就在这冰天雪地里扭作一团，吃亏的当然是斯皮茨。

　　弗朗索瓦看到这里，感到很可笑，同时一种不祥的预感产生了，他知道斯皮茨肯定会出事的。他举起鞭子，向挑起冲突的巴克用力抽去。巴克感到身上很痛，可它并没有停下来，弗朗索瓦的鞭子像雨点般猛抽在巴克的身上。

　　从此以后，巴克频繁地向斯皮茨挑衅。斯皮茨总想用惩罚的方式树立自己在狗队里的威信，但是巴克总会在第一时间出现，故意和斯皮茨唱对台戏。不过它也怕挨打，现在巴克学聪明了，只要弗朗索瓦不在，它就会故意向斯皮茨挑战，这样它就不会受到鞭打了。

　　巴克的故意捣乱，让狗队里的狗渐渐地不服从斯皮茨的管理了，开始是一两只，后来就变成了一群了。在这种情况下，狗队再也无法正常工作了，那种协同工作的场面消失了，代之而起的是纪律的涣散，稍有不慎，狗队里的狗就会发生一些小的摩擦或者是大规模的争斗。这一切当然和巴克的挑唆有关。

　　这种情况，弗朗索瓦看在眼里急在心上，但是他却无计可施。他只能是暗自留心，时时在意，生怕狗群里会出什么大乱子。其实他心里很清楚，他知道在巴克和斯皮茨之间，总是要有一场恶战的，在这场恶战当中总会有一条狗倒下去。甚至在晚上，他也睡不踏实，总是在睡梦中惊醒，他害怕巴克和斯皮茨会打起来，如果这样的话，狗队的损失可就大了，巴克和斯皮茨是两只不可多得的好狗，两只当中任何一只受伤或死亡都是他不愿意看到的。虽然，斯皮茨和巴克都在努力控制自己的情绪，但是大家都清楚，这场恶战是在所难免了，只要是争斗起来，那么只会有一条狗活着回到狗队当中。

经过艰苦的长途奔波，队伍终于到达了道森。这里有说着不同方言的人们，他们聚集在这里。另外，这里还有很多的狗。所有的狗都带着某种满足或者是怨愤在干活，但是它们都选择了忍受，因为只有这样，它们才会挣到食物，填饱肚子。甚至在深夜，大街上也能清楚地听到狗脖子上的铃铛发出的声音，那是一些拼命劳动的狗。

大部分的狗都是爱斯基摩犬，它们像狼一样充满野性。每天晚上，它们都会成群结队地出来，在无边的旷野当中，发出动人心魄的叫声。【**成语：形容使人感动或震惊。简洁的语言生动地写出了那些爱斯基摩犬的叫声给人带来的震撼和触动。**】那是狗的歌谣，那是它们对生活的思考，以及对自由的向往，当中充满了悲伤和渴望。每当听到这首歌，巴克都会感到内心非常地激动，但是它不明白为什么会这样。我们当然知道，经历了这么多的磨难之后，巴克再也不是那只养尊处优的狗了，它成了一只地地道道的为生存而奔波的野狗，在它身上的野性正慢慢地显露出来。

在道森他们好好地休息了一下，这时候人和狗的精神都比较旺盛，于是他们又开始了新的征程。这次要去的地方是迪亚和"盐水"两个地方。听到即将出发的消息，狗队里的狗都非常兴奋，因为它们好久没有出门了。套上挽具，每只狗都兴高采烈。这次的行程要比以前舒服多了。从四面八方来的客人已经把路踩得很结实，想到再也不用自己开路，每只狗都非常地高兴。最让它们高兴的是，沿途的兵营已经接到给狗队准备好食物的通知，因此，它们的雪橇只要装上信件，那些食物帐篷它们统统不用带了。它们相信，这次的行程一定非常轻松。但是值得注意的是，这次的公文是一些加急公文，所以狗队必须日夜兼程；另外，佩罗想要自己的信使生涯再创辉煌，所以他不会给狗们留下充足的时间来休息。

第一天，它们跑了80公里的路程，到了宿营地。第二天它们很早就出发了，用了很少的时间它们到达尤康，路上非常顺利，没有出现什么意外的情况。但是弗朗索瓦却一直高兴不起来。

巴克依旧不断向斯皮茨的权威挑战。这些挑衅让狗队里的其他狗蠢蠢欲动。【✗成语：把狗队里的狗不再像以前一样服从斯皮茨的命令而跃跃欲试的状态形象生动地描绘了出来。】它们不再对斯皮茨俯首帖耳，甚至它们开始公开与斯皮茨作对，此时的斯皮茨没有了以往的那种威风。

一天晚上，正吃晚饭的时候，派克突然抢走了斯皮茨的半条鱼，斯皮茨当时感到怒不可遏，它凶狠地站了起来。可是巴克却在这时候站起来，挡在它们中间。斯皮茨本想发作，可是看到巴克，它又退了回去。而派克则趴下来，吃掉了斯皮茨的鱼，还故意地气斯皮茨。杜布和乔也开始跟斯皮茨较劲了，有了巴克的支持，它们变得放肆起来。狗队里的狗越来越不把斯皮茨放在眼里，现在就算是最温顺的狗也开始向斯皮茨叫板了。每当巴克走到斯皮茨的身边，它总会发出嚎叫，或者挑衅，或者嘲笑，只要斯皮茨一动，巴克就会抓住机会和它决斗。【🔒动作描写：形象地表现出巴克野心急剧膨胀，不再俯首帖耳的状态。】巴克的行为越来越嚣张了，但是斯皮茨一点办法都没有，在狗群中它树敌太多，只有忍气吞声的份儿。

纪律的破坏影响了狗群的团结，以前的那种狗与狗相互关心的场面不见了。代之而起的是无休止地争吵，稍有不慎，它们就会发怒，严重的时候它们就动手了，这时候整个营地都会闹得不可开交。一直没有改变的只有戴夫和索莱克斯，它们从不参与，只是踏踏实实地做好自己的本职工作，置身于这种争吵之外。这种争吵也让弗朗索瓦伤透了脑筋，他频繁地咒骂并挥动手中的鞭子，但却没有什么实质的意义，狗群当中的狗依然是我行我素，它们知道弗朗索瓦已经没有办法更好地约束它们了。

巴克能看出来，弗朗索瓦是护着斯皮茨的，因为他清楚地知道狗群中正在发生什么。所以，每当看到别的狗因争斗而挨鞭子时，巴克总是护住它们，就这样巴克慢慢地建立了自己的威信。巴克也学聪明了，它绝不会让弗朗索瓦抓住自己的把柄。它的活儿干得更加卖力，这是它得以讨好弗朗索瓦的前提条件；但是一到休息的时候，巴克就会变成一个无孔不入的家伙，挑起争斗，让斯皮茨受到羞辱在它看来是让人高兴的事情。

一天晚上，吃完晚饭，杜布在营地四周游荡。这时，一只雪兔突然从它面前窜了出来，它兴奋地扑了过去，雪兔一闪，逃开了。雪兔的出现引起了营地里所有狗的兴趣，它们都兴奋地跳了起来，向雪兔追了过去。狗群的叫声也吸引了50多只爱斯基摩犬加入到它们的追捕行列当中。雪兔在前面拼命地逃跑，狗群在后面拼命地追，巴克跑在整个队伍的最前面，但是那只兔子跑得太快了，一时半会儿追不上。巴克加快了追击的速度，全力向前跑去。在月光下，这两个生灵展开了一场生死大追捕和反追捕。这时的斯皮茨急中生智，它猛地扎向了附近的一条小路，这条小路可以让它从前面截住那只雪兔，可以让它重新树立自己在狗群中的威信。正当巴克全力追捕的时候，它的面前突然闪过一个黑影，【🔍动词：这一个动词写出了斯皮茨的速度之快。】那黑影太快了，巴克还没有来得及反应，那只雪兔已经到了斯皮茨的脚下。斯皮茨咬住雪兔，用眼睛看着巴克，那眼睛里分明充满了不屑。

巴克愤怒地看着斯皮茨，这种眼神让它无法忍受。巴克身上的毛竖了起来，发出低吼，猛地跃起，扑向斯皮茨。斯皮茨一闪，两只狗狠狠地撞到了一起，扭打在地上。

巴克非常兴奋，这一天终于被它等来了，以前的种种屈辱一幕幕浮现在它的眼前，它知道报仇的机会到了。它小心地试探着，斯皮茨也同样如此。两只狗绕着圈子，不时发出低沉的叫声，它们的毛都竖起来了，一场恶战就要开始了。【📖细节描写：这一处细节描写，形象地刻画出恶战即将来临时的情形。】

巴克的眼前突然显现出一幕十分熟悉的场景，白雪皑皑的树林、寂静的山野，还有一双熟悉的眼睛，黑压压的狗群。那是柯利临死之前的一场恶战。现在这样的情况又出现了，想到这里，巴克打了一个寒战，它想到这场恶战的最坏结果了。现在，那些爱斯基摩犬静静地围拢过来，焦急地等待着。那只战败的狗，就是它们的美味。巴克突然想起来，它们的祖先以前也是这样的，奔跑在无边的旷野里，自由地追逐着猎物，鲜血会让它们激动不已。巴克突然有了自信的力量。

斯皮茨的战斗经验非常丰富，在这几年拉雪橇的过程中，它和无数的狗打过交道，也和它们打过仗，但是它从来没有失败过，这让它成为狗队当中当之无愧的领导者。好多次的战斗经历使它明白，要想取得战斗的胜利，光靠好勇斗狠是不行的，还必须有智慧。

而巴克却相对缺乏这样的经验，因为它以前几乎没有怎么和别的狗打过架。它只是一味地进攻，斯皮茨却比较冷静，它不断地躲闪，不断地寻找反扑的机会。久攻不下的巴克有点急躁了，它不停地围着斯皮茨乱转，发出了愤怒的叫声，突然间跳了起来，向斯皮茨的喉咙处咬去，它知道那样才可以一招毙命。斯皮茨显然也明白这样的道理，所以不给巴克任何一次攻击到它喉咙的机会。每一次的攻击，都被斯皮茨轻巧地闪开了。

巴克突然想到一个计策，它装出要攻击斯皮茨的喉咙，却突然向斯皮茨撞去，如果能把它撞倒，那斯皮茨就死定了，巴克有点儿沾沾自喜。斯皮茨好像看破了这一点，没有给巴克这个机会，而是顺势咬了巴克一口，巴克感到肩上一阵剧痛。

几个回合过去，斯皮茨毫发无损，巴克却已经伤痕累累了，激烈的搏斗让巴克汗流如注，那些汗和血夹杂在一起流了下来，巴克变成了一个血糊糊的怪物。搏斗还在继续，巴克明白，斯皮茨也已经不行了，现在两条狗拼的就是体力和意志，谁先倒下，那么等待的结果只有一个，那就是死亡。周围是死一般的寂静和一些凶残的目光。巴克明白了，原来眼光也是可以杀人的。【心理描写：这个地方的心理描写很简短，但是很有表现力，无形当中让巴克有了必胜的勇气。】想到这里，巴克有了必胜的信心。

斯皮茨也开始了新一轮的攻击，它一次次地撞到巴克身上，巴克则不停地躲闪，这个时候周围的那些狗都站了起来，兴奋地看着搏斗的两只狗。巴克不停地告诉自己，一定不能倒下。它不停地躲闪，两只眼睛不离斯皮茨身前身后，它在寻找合适的进攻机会。四周静极了，那是一种让人压抑的安静。

机会终于来了，巴克看到斯皮茨的攻击没有那么凌厉了，它猛地向斯皮茨扑了过去。斯皮茨认为巴克会故伎重演，它根本没有想到巴克这一次直冲它前腿扑了过去，只听到斯皮茨惨叫一声，痛苦地跪倒在地。但是斯皮茨毕竟是久经战场的老手，它强忍着剧痛站了起来，开始了顽强的反击。

巴克趁斯皮茨还沉浸在痛苦之中乘胜追击，用同样的方式把斯皮茨的另一条前腿也咬断了，这时候的斯皮茨已经是不堪一击了。但是它依然在坚持，周围的狗又一次站了起来，那种眼光让斯皮茨想到了对付柯利的那场战斗。斯皮茨的内心充满了恐惧，它明白自己的时间不多了，回想自己平生参加过无数次的搏斗，可是它怎么也不会想到自己竟然是这样的一个结局。想到这里，斯皮茨眼睛里充满了泪水，想想那种悲惨的场面，斯皮茨感到悲从中来。它已经无心恋战了。

可是巴克却不依不饶，依旧向它发起凌厉的攻势，斯皮茨身上的皮肉一块块地掉了下来，它已经是油尽灯枯了。

突然之间，斯皮茨拼尽全身最后的力气，奋力一跃，高过巴克一米，然后朝巴克撞去。巴克急忙躲闪，斯皮茨头朝下俯冲了下来，摔在了硬邦邦的地面上。它最后看了一眼巴克，还有围观的狗群，一蹬腿，死了。【动作描写："跃"、"撞"、"摔"等几个动词的使用，生动形象地刻画了斯皮茨死亡过程的壮烈。】

围观的狗群怏怏地散去，斯皮茨的自杀是它们不愿意看到的结果，它们希望的是巴克将斯皮茨打倒，然后它们一哄而上。可是这一次它们失望了。

狗群散了，巴克怅然若失，它突然感觉到全身的力气都没有了，它不明白这样的打斗有什么意义，或许这是生活的必须吧。它抬起了头，对着这苍莽的旷野，发出了一声长嚎，这声长长的嚎叫里包含着什么，或许只有巴克自己才能明白。【🏠细节描写：细节描写写出了巴克打败了对手之后复杂的心情和难以言明的感受。】

巴克现在成了狗队当中新的王者，但是它丝毫高兴不起来。

胜者为王

早上起来，弗朗索瓦照例很早就起床了，他走出帐篷，寻找每一条狗。但队伍已经集合完毕了，也没有发现斯皮茨的影子。按照以往的规律斯皮茨早就该起来帮助他整理队伍了。他心里有一种不祥的预感。一看到血迹斑斑的巴克，他的预感应验了。他想斯皮茨再也不会回来了。他和佩罗对视了一眼，没有说话，不过他们都明白发生了怎样的事情。佩罗说："斯皮茨可真够狠的，幸好没把巴克咬死。"

"你不觉得巴克也够狠的吗，真不知道昨天夜里的争斗是怎样发生的，现在好了，斯皮茨死了，我们少了一条好狗。"弗朗索瓦反驳说。

他们开始集合狗队，整理营地里的东西，每条狗都套上了挽具。斯皮茨死了，巴克认为现在自己是狗队里的领导者，应该得到领队的位置。所以，巴克理所当然地站到了领头狗的位置上。可是弗朗索瓦不这么看，他认为索莱克斯更适合这个位置。因为它有相当丰富的作战经验，在狗队当中极有威信，是斯皮茨害怕的<u>为数不多</u>的狗之一。【☆成语：这个成语形象地说明了斯皮茨在狗队当中的绝对权威。】其他的狗也都跃跃欲试，但弗朗索瓦没有给它们这个机会，其他的狗只能是眼睁睁地看着索莱克斯站到那个位置上。

巴克特别地不高兴，拼了性命才把斯皮茨拉下来，现在竟然不能够<u>堂而皇之</u>地站到这个位置上，【☆成语：这个成语表达了巴克极其希望做领头狗的急切心情。】对于它来讲简直就是莫大的耻辱。于是，它走到索莱克斯的位置上，把索莱克斯挤到一边，目不转睛地盯着弗朗索瓦。那眼睛里满是倔强，仿佛在告诉弗朗索瓦，这个位置就是它的。

弗朗索瓦立刻就明白巴克的意思了，但是他现在还在怨恨巴克弄死了斯皮茨，一腔的怒火正没地方发泄呢。这正好给了他机会，"该死的混账东西，好好的一条狗被你糟蹋了，你还好意思站在这儿，赶紧滚开！"弗朗索瓦愤怒地喊道。可是巴克却充耳不闻，【☆成语：生动传神地写出了巴克对弗朗索瓦不让它做领头狗的怨愤之情。】只是定定地站在那里。

弗朗索瓦愤怒地走了过去，想把巴克拉开。可是巴克就像脚底下钉了钉子一样，【☆比喻：形象生动地表现了巴克的倔强和不达目的誓不罢休的态度。】任凭弗朗索瓦怎么拉，它就是不肯走开，还发出愤怒的叫声，来表达自己内心的不满。索莱克斯一向是淡泊名利，对于领头狗的位置不是很热衷，所以它并没有打算和巴克争这个位置。看到巴克这样，索莱克斯主动地退了一步，巴克顺理成章地又站到了那个位置上。弗朗索瓦又把巴克拽了回来，可是巴克看来似乎是铁定了心要当这个领头狗了。

弗朗索瓦终于忍不住了。他怒气冲冲地拿出一根棍子，一边不停地咒骂一边朝巴克走了过去。看样子他是要给巴克点颜色瞧瞧了。对于棍子，巴克并不陌生，它永远不会忘记那个院子，和那个穷凶极恶的矮胖子，那次的打击让它吃尽了苦头，它甚至有了"见到棍子就害怕"的想法。巴克想了一下，极不情愿地退到了一边。就这样索莱克斯成了领头狗。巴克只是呆呆地看着，它不明白为什么弗朗索瓦会这样做。它感到有点委屈。

弗朗索瓦非常满意自己的这个决定，也为自己能够制住巴克感到得意。狗队准备出发了，可是巴克却闹情绪，它远远地看着弗朗索瓦，就像是没有听到他的呼唤一样。它用不合作来表示自己的不满。不管弗朗索瓦如何训斥、威逼、利诱，巴克就是不肯回到原来的位置。这一次弗朗索瓦真的是无计可施了。弗朗索瓦大声地咒骂，用眼睛向佩罗示意。佩罗耸了耸肩膀，两手一摊表示无可奈何。巴克的眼睛里满是屈辱，它不停地后退，不一会儿就退到营地的旁边了。然后它开始围着营地转圈，弗朗索瓦则不停地咒骂着，但是除此之外，他没有任何办法。看来，巴克是铁定心要争取属于自己的位置了。它摸透了弗朗索瓦的脾气，知道他不会拿它怎样。

时间就这样慢慢地过去，佩罗和弗朗索瓦很是着急，耽误了送信他们两个人可吃罪不起，现在他们已经耽误一个多小时了，再这样下去，恐怕晚上只能在冰天雪地里宿营了。而当天的任务也就完不成了。经过一番商量，他们决定对巴克妥协，因为这可能是解决问题唯一的办法。

想到这里，弗朗索瓦走到了狗队这边，把索莱克斯放到了巴克原来的位置上，然后大声地喊巴克过去。巴克明白弗朗索瓦的意图了。它欣喜若狂地跑了过去，【🗡成语：生动传神地把巴克看到弗朗索瓦妥协时的高兴之情表现了出来。】但是弗朗索瓦手中的木棍让巴克停了下来，它看着弗朗索瓦，唯恐他会给它致命的一击。弗朗索瓦耸耸肩膀，扔掉了手中的木棍，嘴里嘟囔着："真是一个狡猾的家伙，这家伙简直是又臭又硬！"

看到弗朗索瓦丢掉了木棍，巴克放心了，它飞快地跑到斯皮茨原来的位置，这个位置现在属于它的了。站在那个地方，巴克感到一阵骄傲，现在它是整个狗队的头领了，这是让多少狗羡慕的位置啊！现在这个位置终于属于它了。弗朗索瓦极不情愿地给它套上挽具。嘴里还不停地嘟囔着。

时间差不多过去了将近两个小时，整理完毕之后，他们很快地上路了。因为他们再也耽误不起时间了。

巴克的协调能力的确比较好，弗朗索瓦和佩罗也开始暗暗地称赞巴克了。它工作非常卖力，思维敏捷，行动迅速，比起死去的斯皮茨不仅毫不逊色，而且有些地方它比斯皮茨做得更好。这让两个人有了"塞翁失马，焉知非福"的感慨。【👄俗语：形象地表现了佩罗和弗朗索瓦两人对斯皮茨的死持一种乐观的态度。】

在整个行程中，不管巴克发出什么命令，狗队中的狗都会坚决执行，以前的那种无纪律状态没有了，现在狗队中的狗又重新团结到一起。当然这种状态不是一下子就形成的。戴夫和索莱克斯还和从前一样，它们对权力没有欲望，对于它们来说干好自己的活就行了，其他的事情它们不感兴趣。

但是其他的狗就不一样了，因为在最后几天里，它们已经习惯了无组织无纪律，那时候斯皮茨自顾不暇，根本没有多余的精力来约束它们，这让它们养成了自由散漫的毛病。现在的巴克就要一一整顿这些现象了。

派克的懒散是有目共睹的，它看上去十分卖力，其实只是做样子，它是整个队伍当中最不卖力的一个。弗朗索瓦也知道这一点，就把派克安排在巴克身后，这样派克就不敢偷懒了。拉车时，派克站在巴克身后。每当干活时，派克总是装作十分卖力的样子，可是巴克知道，它只会使出一丁点儿的力气。于是，巴克将派克视作第一个整顿的对象。在工作的过程中，只要派克一偷懒，巴克就用自己的身体狠狠地撞它。还不到一天的时间，巴克就让派克吃尽了苦头，派克也使出了有生以来最多的力气。

乔的脾气非常古怪，在它来的第一天，斯皮茨就想收拾它，可是没有成功，这更助长了乔的气焰。狗队里的其他狗也从来不敢惹它。以前巴克和它井水不犯河水，可是现在不同了，它必须让乔心服口服，这样整个狗队才能够协调一致。巴克用了一天的时间来整治乔，最后乔只好乖乖地听话了。

【 形容词：这个词语生动形象地说明了乔对巴克心服口服的样子。】

斯皮茨死了，狗队里必须补充新的力量，于是两条叫迪克和库纳的狗加入到这个队伍当中。同样，巴克把它们两个收拾得服服帖帖。经过一番治理，狗队脱胎换骨了：纪律严明，团结协作，气氛融洽，步调一致。

巴克出色的领导能力让弗朗索瓦和佩罗刮目相看，他们不止一次地表扬巴克，并给予它应有的奖赏，有时也会单独给巴克开小灶儿。这让狗队当中的其他狗非常羡慕，也让它们充满了干劲儿。

一个好的领导，一个优秀的团队，充足的食物供给，不错的气候条件，这些给它们的行程减少了不少的麻烦。虽然气温很低，但整个狗队跑起来，这些就不算什么困难了。尤其是没有下雪，原先的雪已经被来来往往的路人踩得非常平滑了，雪橇走在上边，非常地快，巴克它们只要稳住雪橇就行了。所以整个狗队行进的速度非常之快。弗朗索瓦和佩罗也暗自庆幸，他俩真不知道如果没有了斯皮茨，再没有了巴克，他们的任务能不能如期完成。

这次旅行他们取得了骄人的成绩，整个狗队仅仅用了14天的时间就走完了800多公里的路程，提前完成了送信的任务，政府也给予他们嘉奖。这让弗朗索瓦和佩罗成了公众人物。到达目的地斯卡格镇时，很多人慕名而来，请他们喝酒，听他们讲述他们的传奇，巴克它们也感受到那些人热切的目光。只要它们出门，就有不少人围观，对它们指指点点，发出啧啧的惊叹。当然更多的人们是想得到这条狗以及如何才能训练出像巴克这样一条优秀的狗。当然，巴克并不明白他们谈论的是什么，但是它能感觉得到这并不是一件坏事情。所以它心安理得地接受众人艳羡的目光。【△形容词：形象地说明了众人对巴克它们的赞许之情。】

在这个小镇上，他们停留了一段时间。弗朗索瓦和佩罗每天都有应酬，狗群相对比较清闲，每天不用干活，只是吃完饭以后在大街上闲逛。每天都会有人向它们投来羡慕的眼光。巴克它们已经习以为常了。

有一天早上，弗朗索瓦来到狗群当中，他单独把巴克叫到一边，良久没有说话，只是用手抚摸着它，眼里充满了依依不舍的神情。巴克不明白发生了什么事情，只是呆呆地看着弗朗索瓦。突然，弗朗索瓦哭了起来，"巴克，你这个家伙，你知道我是多么喜欢你吗？你是那么优秀，你知道我心里现在有多么舍不得你走吗……"【▥语言描写：生动传神地把弗朗索瓦对巴克难舍难分的心情表现出来。】弗朗索瓦边哭边说。但是巴克不明白，它只是任由他抚摸自己，搞不明白他为什么会这样。

直到有一天，一个苏格兰混血儿接管了这只狗队，巴克才明白发生了什么，也才知道弗朗索瓦为什么会那样。它又被转手了。它的命运又被无情地改变了，然而这一切却由不得它自己做主。而弗朗索瓦和佩罗像它以前的主人那样，只是它生命当中的过客。

巴克又开始了新的旅行。那个苏格兰混血儿驾驶着雪橇，带着它和另外的十几只狗队一起沿着原路返回道森。现在的旅行简直就是一种折磨，巴克丝毫不愿意，但是它没有办法，旅途的枯燥让巴克心烦意乱。

每天早上，它们都要早早地起来，吃完早饭，然后赶路，天不亮它们就出发了，等到休息的时候，已经是繁星满天。生活出奇地有规律，规律到它们快变成了机器，没有丝毫的兴致可言。这群队伍里的人很多，狗群有十多只，这多少让巴克还有点好过，它可以去观察每个人、每条狗。但是巴克一点也不喜欢现在的生活，简直就像白开水淡而无味，枯燥极了。

但是面对工作的时候，它还是尽力地去做好，因为这是它赖以生存的方式，有工作才会有饭吃，巴克明白，狗队里的其他狗也都明白这个道理。所以它们从不消极怠工，相反，它们会把工作努力做好。

狗队里的狗很多，大概有一百多只。总是有那么一些不知死活的东西向巴克发起挑战，但是巴克都能从容对付它们。它用自己的实力证明了自己是这个队伍里至高无上的领导者。所有的狗都要对它敬重三分，如果有哪一只狗胆敢招惹它，它会毫不客气地让它尝尝牙齿的滋味，所以其他的狗也就乖乖就范了。

除此之外，巴克总会陷入回忆和幻想当中。它时常会回想起原来的幸福生活。温暖的火炉，宽敞的书房，慈祥的老主人，活泼可爱的孩子，大大的游泳池，和煦的阳光，青青的牧场，甘美的浆果地，可是现在这一切都已经离它很远了。偶尔，它也会想到那个穷凶极恶的矮胖子，惨死在他手中的那些狗，柯利临死前绝望的眼神，自己和斯皮茨的那场惨烈的战斗。这一切好像也比较遥远了。还有一些回忆是挥之不去的，它想起在空旷的原野里奔跑的祖先们，那些长长的嗥叫，无边的荒野，那些令人兴奋的捕杀。每当想起这些的时候，巴克总能感觉到一种渴望，对自由和野性的渴望。于是巴克站起身来，向着无边的天空，发出长长的嗥叫，那叫声直达天际。这个时候，巴克会有一种酣畅淋漓的快感，那是野性的复苏。

有时候，巴克会幻想着自己置身于无边的旷野当中，像它的祖先那样，

自由自在地奔跑，追捕着成群的麋鹿，发出长长的叫声。尤其是有月亮的晚上，面对着惨白的月亮，低声地嚎叫，那叫声苍凉而悠长。一时间，这幅画面定格成为永恒。【◎动词：这一个动词生动准确地表明了巴克对祖先原始生活的向往之情。】这一切都让巴克非常激动，它知道它必须活着，为了这个梦想。这就是祖先对它的召唤。

在漆黑漆黑的晚上，巴克能够看见许许多多通红通红的、闪烁着攫取的眼光的眼睛。巴克能听见这些野兽的呼吸声，还有它们穿过树林时发出的沙沙的声音，巴克意识到自己正处在危险的境地当中。巴克警觉起来，身上的毛全部竖了起来，嘴里低低地吼叫，有时候还会大声发出警告的声音。每当这个时候，那个苏格兰混血的厨子就会走过来拍拍它的头，冲它喊道："好巴克，没事的，不要叫了！"于是巴克停止了叫声，重新安静下来，但是它时刻保持着警醒的头脑，因为它知道，在这样的旅行过程当中，随时都会有危险发生，一不小心就会丢掉自己的性命。巴克再也不是从前那只养尊处优的狗了，现在它已经成为一条名副其实的身经百战的雪橇犬。

这次的旅程非常艰难。它们拉的东西太多，这让每条狗都吃不消，它们的休息时间不够充足，几乎是天不亮出发，天完全黑下来才休息，所以它们的身体越来越差了。它们现在最需要的是充分的休息，但是那个苏格兰混血儿显然不会给它们这样的机会，它们仅仅休息了两天，就又被迫出发了。狗队休息不好，走得就慢。苏格兰混血儿不停地咒骂，心情糟透了。巴克它们也是痛苦万分。最让它们受不了的是这个时候又突然变天了，下起了鹅毛般的大雪。【◎比喻：形象鲜明地表现出它们旅行的艰难，环境的恶劣。】看不清路面在哪里，狗群只能是小心翼翼地慢慢地走。疲劳和烦躁折磨着每一条狗，虽然喂狗的人尽心尽力地照顾它们，但是无济于事。

每到宿营地，厨子总是先为狗准备好食物，竭尽全力地提供给它们，但是它们现在最需要的不是食物而是充足的休息时间，所以巴克它们还是感觉到筋疲力尽，到现在为止它们已经跑了将近3000公里路了。这种超负荷的工作让它们身心疲惫。现在它们谁都不想跑了，可是第二天，行程又开始了，它们还要继续往前跑，它们忍着疲惫坚持着。在这种情况下，巴克的责任更大了，它不仅仅要拉好雪橇，还要去处理狗队里的事情，哪只狗犯错误了，哪只狗偷懒了，巴克都要一一纠正，直到它们改正为止。

现在，狗队的情况糟糕极了。比勒每天晚上都会在梦中惊醒并且发出阵阵的哀号。【🔍名词：这个名词生动传神地表现了狗们的疲惫不堪。】在晚上，这种嚎叫显得异常地刺耳和恐怖。乔本来就是一只性格孤僻的狗，现在它更加孤僻了，并且显得异常焦躁。索莱克斯的状况和乔差不多。

最糟糕的算是戴夫了，它本来也是一条非常优秀的狗，但是现在它也变得忧郁，好像得了厌食的毛病。只要是休息时间一到，它就找个地方躲了起来，无论是多么好的饭菜，无论它是多么饥饿，它也不想吃哪怕是一丁点儿东西。厨子们只好把东西端过去，但是它看都不看一眼。它变得不再强壮，眼窝深陷，皮毛松弛，【🏠肖像描写：这一肖像描写准确地表现出戴夫现在的身体状况和精神状态差到极点。】巴克想，不久它就会垮掉的。

当队伍行进到卡西亚巴时，戴夫的体力似乎已经消耗殆尽，套在挽具中的它不断地摔倒在地，又不断地爬起来，它要保持它作为辕狗的尊严。等到队伍稍微休息时，苏格兰混血儿把它从队伍里拉出来，让索莱克斯顶替了它的位置。他的用意非常明显，就是想让戴夫好好养病，不拉雪橇毕竟要轻松一些。但是，戴夫似乎并不领情，它用无限怨恨的眼光看着那个人，嘴里发出阵阵哀号，随之眼神变成了乞求，叫声中似乎也充满了乞求的味道。那个苏格兰混血儿迟疑了一下，但还是让索莱克斯过去了。戴夫伤心地叫了起来，那叫声像极了哭泣。

队伍又开始前进了，戴夫跟在后面，跟跟跄跄。它不时地跑到索莱克斯旁边，用牙齿咬它，用肩膀撞它。整个狗队的秩序被打乱了。那个有苏格兰血统的男人挥起了手中的鞭子，但是看到戴夫的样子，又不忍心下手。他只好驱赶着狗群继续向前走，戴夫一溜儿小跑，但它似乎跑不动了，不由得发出一阵哀嚎。

它拼着最后的力气，跟在长长的队伍后面，虽然雪橇压过的地方好走，但戴夫似乎更愿意走在索莱克斯的旁边——那个本应该属于它的辕狗位置，可是现在它只能看着了。松软的雪地，戴夫走得很艰难，但它仍然在坚持着，直到它踩进一个雪坑，摔倒在地。大队人马从它身边一掠而过。

戴夫现在已经没有力气站起来了，但它还是摇摇晃晃地站了起来，步履蹒跚地跟在队伍的后面。又要休息了，戴夫绕过其他的雪橇，来到了索莱克斯身边。等到队伍再次要出发的时候，巴克它们发现自己的雪橇动不了了。苏格兰混血儿下来检查，发现辕绳被咬断了，而戴夫则站在辕狗的位置上，索莱克斯站在它旁边。

戴夫用乞求的眼光看着那个有着苏格兰血统的人，巴克们则用悲哀的眼光看着戴夫。

那个人突然间有点不知所措，因为以前他从来没有遇到过这样的事情。看见这种情况，其他人都围了过来纷纷帮他出主意。其实狗和人一样也是有尊严的，如果不让戴夫呆在原来的位置，恐怕它会死不瞑目，目前唯一的办法可能就是让戴夫回到辕狗的位置，这样它会死得平静一些。

那个苏格兰混血儿同意了大家的看法，狗队又继续出发了。戴夫也使出了它残存的力气，但是疼痛让它忍不住叫了起来。它一次次地跌倒，又一次次地爬了起来。有一次无情的雪橇从它身上压过，它身上被划破了，腿也被压断了。但是它强忍着剧痛，拉着雪橇向前方奔去，戴夫就这样坚持着，直到晚上到达营地。它快不行了，一到营地就躺了下去，没吃任何东西。

第二天早上，狗队又要出发了。戴夫爬到雪橇前，吃力地站起来，摇摇晃晃地，它向前走了两步，一头栽倒在地上。它还想站起来，可是怎么也站不起来了。戴夫躺在地上，眼睛里满是绝望和对生命的留恋。它头朝向同伴们的方向，拼命地挪了过去，一点一点地，终于挪到了巴克它们面前。巴克舔了舔戴夫的脸，突然间仰起头，长啸起来，那啸声无限苍凉。整个狗队跟着长啸起来，此起彼伏，像一曲长长的挽歌。【⊙比喻：把狗的长啸比喻成挽歌，生动传神地写出了狗们面对戴夫即将死去时悲凉哀伤的心情。】驾狗的人们也被这场面感动了，无不垂下了头。

啸声平息了，那个有苏格兰血统的男人走下雪橇，拖着戴夫向营地走去。回来的时候，只有他一个人。他表情凝重地走上了雪橇，挥动鞭子，狗队又出发了。

巴克知道，戴夫将和那皑皑的白雪、空荡荡的营地留在那里，从此以后它再也不会回来了。

艰难的旅程

大概过了将近一个月的时间，这支队伍终于来到了斯卡格。这真是一次艰苦的旅行，狗队中的每一条狗都累得筋疲力尽了，身体被拖垮了，体重下降了很多。即便是巴克，体重也下降了整整30斤，更不要说其他的狗了。整个狗队的体力已经严重透支了。

更要命的是几乎每条狗都受了不同程度的伤。派克再也不用假装受伤了，这次它真的受了非常严重的伤，走起路来一瘸一拐的。索莱克斯和派克的情况差不多，杜布的情况比较严重，伤在了肩上，它总是蜷缩着身子走路，【🔍动词：形象生动地表现出杜布在受了伤以后走路不能舒展身体的悲惨样子。】样子显得十分别扭。

在不到五个月的时间里，它们跑了4000多公里，但是它们却没有足够的休息时间，最后的这2000多公里，它们休息了五天，其他时间都在赶路。沉重的体力劳动对它们来说是一个严重的摧残，现在它们需要的是充足的休息时间。它们的步伐显得是那样地不协调，步履蹒跚，摇摇晃晃。

终于到达目的地了。但是这些狗却再也跑不动了，它们的速度非常缓慢，雪橇几乎不走了，每前进一步都要付出极大的代价。雪橇下坡的时候，这些狗们全都往两边闪开，否则它们就会被急速滑行的雪橇碰倒在地，就算这样还是有不少狗又一次受到重创。

驾驶雪橇的人也感到非常无奈，只好用语言来安慰这群可怜的狗，"再坚持一下，坚持一下就到了，那时候你们就可以好好地休息一下了。"显然这种语言的鼓励起不到任何作用，狗队们行走得还是极其缓慢。

其实驾驶雪橇的人又何尝不想休息呢。可是情况却不允许他们休息。随着淘金者的数目不断增加，来来往往的信件也在不断地增加，平常的家信还不算什么，最要命的是政府的急件，如果耽误了这些官老爷的事情，那么信使的生意也就做到头了，甚至他们会有灭顶之灾。为了生存，他们也不得不放弃了休息。一批新狗已经买来了，巴克它们随时都会被替换下来，并以极低的价钱被卖掉。这就是雪橇犬的宿命。

早上巴克醒来的时候，发现营地里来了两个陌生的男人。他们正和那个苏格兰混血儿激烈地讨价还价，最后终于达成一致。一小袋钱进了那个苏格兰混血儿的口袋。巴克明白，它的主人又换了。这两个陌生的男人成了它新的主人，它连同整个狗队，还有狗身上的挽具都被买了过去。

那两个陌生人一个叫哈尔，一个叫查尔斯，是两个美国人。查尔斯有三四十岁的样子，皮肤颜色很浅，目光黯淡，但是他的眼睛和胡子却很好看，微微上翘的胡子遮住了低垂的嘴唇，让人感到比较可笑。哈尔年轻，二十岁左右，最显眼的是他的皮带，皮带上挂着子弹夹、一把左轮手枪和一柄猎刀。看起来他们不像淘金者，他们为什么要到这天寒地冻的北方，巴克并不知道。

就这样巴克和这两个人来到了他们的营地。营地里到处乱哄哄的：破破烂烂的帐篷，七歪八扭的架子，【形容词：这个形容词生动地表现出营地里混乱没有秩序的样子。】丢得满地都是的生活用品，还有一个邋遢的女人，他们叫她梅赛德斯。"看起来，这次要受罪了"，巴克心里暗暗地想到。过了没几分钟，巴克弄清楚了他们之间的关系：梅赛德斯是查尔斯的妻子，而哈尔则是梅赛德斯的弟弟。

又过了几分钟，他们开始整理东西。他们把帐篷扯下来，胡乱地卷在一起，将地上的生活用具用一个包裹裹了起来，一切都显得毫无章法。巴克暗自担心，它知道这次的旅行并不是那么好对付的。梅赛德斯站在旁边唠叨着，指挥着这两个男人，但是她越指挥越乱，最后还差点吵了起来。

几次三番，他们还是没有把行李整理好，巴克都有点儿不耐烦了，它真不知道该如何伺候这三个又笨又蠢的家伙，看起来他们对旅行一点都不在行，真不知道他们是怎样来的。

争吵声惊动了附近营地的人，他们纷纷跑出来看热闹。有个好心的男人给他们提建议扔掉一些不必要的东西，但是遭到梅德赛斯的坚决拒绝。在她看来，所有的东西都是有用的，没有一样东西是可以扔掉的。就这样，经过很多次，三个人终于把东西都装上了车，旁边的人们看着堆得像山一样的雪橇摇着头走开了。巴克也感到很绝望，像这样多的东西，健康的狗队拉起来也比较吃力，就更不用说是它们这样一群老弱病残了。一种不祥的预感突然涌现在巴克的头脑当中。

收拾完东西，狗队里所有的狗都套上了挽具，哈尔坐在了雪橇上，一手握紧方向杆，一手挥动鞭子，大声地呵斥着整个狗队出发。

狗队里的所有的狗都使出了吃奶的力气，绳子绷得紧紧的，但是雪橇一点儿都没动，哈尔不停地吆喝，但是雪橇就像是钉在了地上一样。狗们累得气喘吁吁，哈尔则是气急败坏。

这时候，那几个男人又走了过来，一边看，一边指指点点，还不时地哈哈大笑。哈尔愤怒了，<u>鞭子雨点般地抽打在这群可怜的狗身上。</u>【◎比喻：把哈尔对待狗群的凶残劲儿描写得淋漓尽致。】他大声地咒骂着："该死的家伙，快点走，别给我丢脸，再不走我就抽死你们！"可怜的巴克它们早已经筋疲力尽，哪有力气去拉雪橇呢！

女人到底是有慈悲心的，就连梅德赛斯这样一个邋遢的女人也不例外，她跑了过来，制止住了哈尔的粗暴行为。可是，哈尔似乎疯狂了，他拼命地夺回姐姐手中的鞭子，又狠命地抽打起来，巴克它们左躲右闪，但是鞭子还是无情地抽打在了它们的身上。巴克它们不时地发出哀嚎，可是哈尔却依然不肯停止。

站在旁边的一个男人看不下去了，他说话了，<u>"我看你们最好还是休息两天再走吧，你看看这些狗，一看就是刚刚经历了长途奔波，现在它们不是不想走，而是它们实在拉不动这个雪橇了。再说了你们的雪橇装得也太不符合常理了，东西太多，头重脚轻，像你们的这只雪橇，我想不会有狗会拉得</u>

动的。"【📖语言描写：准确地说出了雪橇的缺点和狗们现在急需休息的状况。】

哈尔虽然满肚子的不高兴，但是现在看来是没有什么别的办法了，他不想让狗队停下来休息，在他的观念里狗就是用来拉车的，他不可能花钱买来狗再让它们休息，这样岂不是太傻了。

梅赛德斯蹲下身来，抚摸着被打得伤痕累累的巴克，说："你们一定要尽力呀，否则还会挨打，看到哈尔的枪了吗？他会把你们一个个都杀掉的。"很显然，巴克不会明白她的意思，就算是明白了，它们现在也无能为力，因为它们太累了。

三个人商量了一下，终于决定整理一下他们的行李，他们把行李卸下来，按照刚才那个男人说的意思，又重新整理了一下行李，一番手忙脚乱地整理过后，三个人又坐回了雪橇上。哈尔挥起手中的鞭子，狗队又重新绷紧了绳子，他们又出发了。

这个奇形怪状的雪橇终于动起来了，哈尔很是兴奋，幸亏没有休息，否则就被这群狗骗了。他挥舞着手中的鞭子，不停地抽打在狗身上，嘴里不断地吆喝着。就这样，雪橇艰难地出发了。巴克它们忍着剧痛，用力地跑了起来。

正在这个时候，突然前面有一个转弯，哈尔根本不懂怎样驾驶雪橇，一看到拐弯，顿时慌了手脚，雪橇稳不住了，东西全部都掉了下来。巴克它们觉得身上轻了很多，脚步更快了，哈尔的毒打也让它们憋了一肚子的怨气，它们根本不理会哈尔在后面大呼小叫，自顾地向前跑去。其他的狗也跟着飞奔而去。雪橇上剩下的东西也都掉了下来，大街上的人们看到这滑稽的一幕都哈哈大笑起来。

梅赛德斯、查尔斯和哈尔三个人跌坐在地上不知道怎么办才好。这时候有个好心人跑到大街中间，把还在跑着的狗群拦了下来。有不少人帮着把散落一地的东西捡了回来，放在他们三个人面前。那堆得像小山一样的东西让这些人明白了他们的雪橇为什么会翻了。于是有人给他提出建议，让他们扔掉部分东西，这样狗才能拉动雪橇。哈尔他们这才知道，原来大家的建议是正确的，他们勉强接受了这个建议，开始整理自己的东西。

罐头出来了，毯子出来了，那些盘子、碗也都露了出来，大街上的人们简直看呆了，他们不相信世界上还有这么傻的人，旅行还带着碗和罐头，这些对于他们而言就是个累赘，重量就不用说了，单只是那些碗就够一个人洗一天的了。于是人们纷纷帮他们出主意，哪些东西该要，哪些东西不该要。就这样，他们又整理了老半天。巴克它们跑累了，呆在路边休息，舌头露了出来，呼呼地喘着粗气，呼出的热气凝成一片片水雾。

在几名热心人的帮助之下，哈尔、梅德赛斯、查尔斯三个人终于把最需要的东西整理了出来，他们对旅行几乎毫无经验，所以必须有人帮他们整理。整理完这些东西之后，有用的东西似乎不多了，但对于巴克它们来说这仍然是一次艰苦的旅行。梅德赛斯看着辛辛苦苦带来的东西被丢在了地上，忍不住伤心地哭了起来。但这却是没有办法的事情。小山一样的东西变少了，哈尔又听从了街上行人的建议，去狗市上买回了六条狗，它们和巴克它们组成了一只新的狗队。准备好这一切之后，他们又要出发了。

顺便说一下新买来的这六条狗。它们当中有三条是猎犬，一条是纽芬兰犬，另外的两条不知道属于什么系列，它们以前从来没有拉过雪橇，也从来没有经受过任何的训练，是标准的门外汉。这让它们在狗队当中显得格格不入。【齐成语：准确地说明了这三条狗根本不适合拉雪橇，表现了哈尔对雪橇犬的无知。】巴克费尽心力地想教会它们怎样拉雪橇，但这似乎是白费力气。因为它们根本不喜欢，更别提熟练地掌握了。它们在这个队伍当中显得是那样另类。好像这六条狗也无意融入这个队伍，所以它们显得精神非常低迷。巴克明白，它们真的不适合拉雪橇，但是它却无法对新主人表达自己的想法。

说句实在话，这只狗队实在是非常奇怪，原来的那些狗已经累得筋疲力尽了，而后来的这些狗是门外汉不说，它们根本就不喜欢拉雪橇，情绪低落更是一件要命的事情。在寒冷的北方旅行，拼的不光是体力，更重要的是意志、兴趣。所以，这支队伍前景之黯淡是不言而喻的。

并且查尔斯他们犯了一个非常致命的错误。在寒冷的北方旅行，他们无法获得充足的食物供给，尤其是对于整个狗队来说，食物是至关重要的，没有食物它们就没有了体力的保证，没有了体力的保证，这个行程将难以维系。而他们却只有一辆雪橇，这一辆雪橇怎么能够装得下十四只狗的食物呢？而这些，查尔斯他们似乎并没有放在心上，他们不管做什么事情，总是想当然地认为可以，至于一些细节的问题，他们却计算不到了。

巴克对这三个人感到有点儿绝望，因为他们根本不懂旅行。懒惰成性不说，遇到什么事情他们不能够拿主意，做个事情毫无章法。就拿宿营来说吧，他们几乎需要半个晚上的时间才能支起一顶帐篷，而且还不伦不类的；等到队伍出发的时候，他们撤帐篷，装车又要花掉大半个上午，而且装得松松散散，走不了多远，就又要整理行李。如此一来，整个队伍行进的速度就极其缓慢了，一天下来它们最多能跑十几公里，有时候它们干脆就在原地打转了。这样的长途旅行巴克已经习惯了，并且每一次都是充满信心的，但是这一次，巴克却不敢去想了。

本来，在出发之前他们已经做好了计划：一天跑多少路，一天吃多少东西。可是事与愿违，【⚑成语：这个成语说明了哈尔三个人对待旅行的盲目性以及这样的旅行的不良结果。】他们每天走的路很少，往往走不到原计划的一半就宿营了，而狗却要吃东西。那六只没有经过训练的狗每天吃的很多，但是干活却依然不行，巴克它们虽然有吃的，但已经筋疲力尽，这就是这只狗队的情况。这三个人简直就像笨蛋一样，整天罗里吧嗦，却找不出问题的症结所在。整个队伍的情况乱成一团，这几个人却又争吵起来。巴克突然间想弗朗索瓦和佩罗了。那时的旅行虽然艰苦，却是充满乐趣的。现在，整个行程是枯燥乏味的。并且，巴克并没有信心能走到它们的目的地。

时间不长，他们就发现，食物不够吃的了，他们的狗食只剩下了一半，但是他们距离下一个城镇还有很远的一段距离。在这中间，他们根本无法为狗们提供足够的食物，这就意味着他们不能够如期到达目的地，或者还会有更糟糕的情况发生。哈尔他们不敢往下想，随之他们作出了一个自己认为正确却是极端错误的决定：减少狗粮，多走路。前一件事情很好做，但是多走路他们却想错了。那六只新来的狗根本无法干活，巴克它们却是想干活也干不好了，因为它们已经快油尽灯枯了。现在它们最需要的是好好地休整一段时间，否则恐怕它们没有活着回去的机会了。

队伍还在前进着，但是已经有狗熬不下去了。【🔍动词：用这样一个动词准确说明了它们行进的艰难，它们现在只是苦苦地撑着度日了。】第一个熬不过去的是杜布。杜布好吃懒做惯了，在佩罗那里的时候，他就以善偷出名。但是在这里它却偷不到了，因为食物少得可怜，每只狗都不够吃的，所以它想偷也偷不着。前一阵子肩上的伤又复发了，又没有得到多少休息的时间，再加上饥饿寒冷。这种日子，让它的身体越来越差，就像以前的戴夫一样，当它再也不能拉车的时候，哈尔用他的手枪结束了杜布的生命。它也永远地留在了这荒原上，伴随着这皑皑白雪。

新来的六只狗也没有能够逃脱这种厄运。它们根本无法适应艰苦的旅行，拉车劳累不说，单就是食物来说，它们现在只能吃一点点食物了。所以这种饥饿的状态没有维持多久，这六只狗就一命呜呼了。最先死去的是那只纽芬兰犬，然后那三只猎犬也死了，剩下的两只狗没有坚持多长时间，也死去了。现在整个狗队里的狗已经死去了一半，剩下的一半也在苟延残喘。

本来，查尔斯他们是带着美丽的梦想来到这寒冷的北方的。但是现在一切都变了，寒冷和饥饿折磨着他们，从身体到心灵。浪漫没有了，剩下的只有无穷无尽的折磨。尤其是梅赛德斯，她变得易怒，一点点的小事都能够让她发怒，她再也不会去同情巴克它们了，她现在只同情她自己，变得极其自恋。一发怒，她就对准了自己的丈夫和弟弟。这时候，他们就会花上大把时间来争吵。而这种争吵让他们更加地烦躁。他们互相折磨着，以期能减少自己的痛苦。

而查尔斯和哈尔也开始变得爱争吵了，本来他们是很有涵养的，可能这种恶劣的天气把他们的涵养都给冻住了，【🔍动词：这个看似幽默的动词，把环境恶劣对人的影响形象地表现了出来。】剩下的只是他们的天性。他们都觉得自己干得很多，而对方却干得很少，所以就争吵起来。他们争吵的声音越来越大，梅赛德斯也加入了战团。她的加入让整个战争升级。然而争吵的起因总是微不足道的小事。但是随着争吵的升级，战争日趋白热化，他们恨不得能将对方的祖宗十八代从他们的祖坟当中挖出来，然后和他们争吵，这样才有意思。吵架的内容也变了很多，有时候让人摸不着头脑，诸如对艺术的看法，对政治的见解等都可能会成为他们争吵的导火索。而一旦争吵起来，他们一定能吵个天昏地暗，日月无光。天黑下来了，帐篷还没有支起来，火没有生起来，饭没有做好，狗也没有进食，而这一切他们都不顾了，现在争吵是最主要的工作。似乎他们来到这寒冷的北方，就是为了争吵的。每当这个时候，巴克总是用一种悲哀的眼光看着他们。

还有一点是梅赛德斯最不能忍受的。她自认为是个漂亮的女人，理所当然地要受到男人们的礼遇。以前的查尔斯，对她可以说是殷勤备至。而现在，她却不能享受到这一点了。在她看来，在这样困难的境遇当中，男人照顾女人是天经地义的事情。可是现在，她得不到应有的照顾不说，查尔斯和哈尔还时不时地会发生争吵，这种争吵也把她卷了进去。围绕着她的是无穷无尽的抱怨，这让梅赛德斯无法忍受。她又哭又闹，但这似乎无济于事。

现在她关心的只是自己。现在她的情况也糟极了。

现在，她不去关心那些狗的死活了，因为她已经烦透了。干脆她坐在雪橇上，任何事情她都不干了，这样吵架的就只剩下了查尔斯和哈尔。梅赛德斯默默地忍受着。虽然她并不丰腴，但是也有一百多斤。这群狗本来就不堪重负，加上这一百多斤它们就更拉不动雪橇了。就这样折腾了几天，他们没走多远，但食物又消耗掉了不少。查尔斯和哈尔很担心他们能否走到下一个城镇，可梅塞德斯好像什么都不关心。两人苦苦哀求，可梅赛德斯无动于衷。【成语：准确形象地表现了梅赛德斯对一切漠不关心的状态，也从侧面表现了她的无奈。】讲得多了，梅赛德斯不禁伤心地哭了。

这天，狗终于拉不动雪橇了。巴克它们倒在了地上，用哀求的眼神看着它们的主人。哈尔大声地咒骂，但是狗们却纹丝不动。满满的物品再加上一个梅赛德斯，它们确实承受不了。没办法，他们只好劝说梅赛德斯下来，但是梅赛德斯却倔强得很。没有办法，哈尔和查尔斯把她从雪橇上拉了下来。被拉下雪橇的梅赛德斯顿时坐在地上嚎啕大哭起来，两个人怎么劝说都无济于事。一狠心，他们赶着雪橇上路了。走了很远，但是梅赛德斯还是没有跟上来。两个男人对视了一眼，无可奈何地摇了摇头，叹了口气，卸下了少许的东西，又返了回去。梅赛德斯还坐在原地，一见到他们两个，哭得更加起劲儿了。两个人好说歹说，总算是把她弄到了雪橇上。从这个时候开始，他们再也不敢随便就让她下来了。好在他们每天都要消耗掉一些东西，队伍还能够继续前进。

队伍好不容易到达了五指，但是这时候他们没有狗粮了。正当两个男人感到恐惧的时候，他们遇到了一个老太太，这个老太太看中了哈尔的手枪，想用自己手中的马皮来换。虽然哈尔极不情愿，但看到狗粮没有了，还是狠狠心换回了那些马皮。换回来之后，哈尔才知道，这些马皮都是半年以前从饥饿的死马身上剥下来的，并且早已经风干了。没有肉不说，并且非常坚硬，这些东西根本无法用来做狗粮。那些狗们把这些东西吞进肚子里，根本不能够消化，看起来非常地饱，但是却不能够从那些东西上得到任何营养的补充，并且这些东西还消耗着它们为数不多的能量。巴克它们越来越走不动路了，但是它们还要坚持。它们似乎感觉到了死亡的气息，【📖心理描写：一方面说明了它们现在处境的艰难，另一方面也为后来的情节发展做了铺垫。】一种绝望和恐惧的气氛笼罩着整个狗队。

巴克它们艰难地熬着日子，每天它们都面临着死亡，这种恐惧和求生的信念不停地折磨着它们，日子过得如同噩梦一样。它们勉勉强强地走上一段路，然后跌倒了。这个时候，巴克总是会受到毒打。毒打后巴克又站了起来，不多远，就又倒了下来。可怜的巴克遭受毒打的时候越来越多，它已经是遍体鳞伤了。再加上饥饿，巴克的生命似乎走到了尽头。它已经瘦得脱相了，皮包着骨头，从前那只有着高贵气质的巴克不见了。现在的巴克每天都在和死神会面，每天它都与死神擦肩而过。其他狗的情况，比巴克还要差，它们耷拉着脑袋，行尸走肉一样前进在茫茫的雪原上，前面是茫茫雪原，后面是凌乱的足迹。这一行队伍显得十分地诡异。那一条条狗瘦得只剩下骨头，好像它们随时都会死掉。哈尔的鞭子再也不起作用了，这些狗好像已经麻木。不管哈尔如何打骂，这些狗都毫不在乎，疼痛对它们来说好像是一个陌生的词语，一种陌生的感受。查尔斯和哈尔也感到从来没有像现在这样焦躁过。人毕竟是高级动物，他们的感觉要比狗灵敏一些，当然他们也嗅到了这种死亡的气息。

首先是比勒熬不过去了，它一下子栽倒在雪地上，弄得满头满脸都是雪，它用力地扑棱着脑袋，试图站起来，但是怎么也站不起来。巴克用一种悲哀的眼神看着它——这个曾经教会自己很多东西的老伙计，现在就这样躺在那里，只有出的气，没有入的气。等到哈尔发现比勒的时候，它已经奄奄一息了。哈尔气急败坏地咒骂着，返回身去，从雪橇上拿回一把斧头。对准比勒的头，狠狠地砍了下去，比勒惨叫一声，蹬了蹬腿，死了。

比勒被拉出了狗队，其余的狗只是用一种同情的目光看着比勒。其实它们都明白，自己早晚也逃脱不了这种厄运。第二天，库纳也被用同样的方式结束了性命。

现在，整个狗队就剩下了五条狗，它们都疲惫不堪，或者说不堪重负更确切一些。乔从前的那种霸气不见了，现在就连叫声都是那样地微弱；派克的腿受了重伤，再加上饥饿劳累，它真的病倒了；索莱克斯虽然依旧卖力工作，但是力气已经用尽了；迪克还多少有点力气，哈尔把它作为救命的稻草，鞭子经常落在它的身上；巴克虽然还是狗队的领袖，但是已经自顾不暇了。它时常瞪着空洞的眼睛，看着远处，心绪也随着模糊起来。它怀念过去的那些日子，也曾有一个似乎很遥远的回忆，回忆里有旷野、森林、无边的月色、长长的嚎叫……寒冷的冬天终于过去了，迎来了一个美丽的春天。太阳早早地露出了笑脸，很晚才落山。和煦的春风暖暖地吹着，世界上的万物都睁开了眼睛，透露着春的信息。整个世界祥和、安静。可是这一切，与巴克它们没有丝毫关系，它们感受不到春的气息，弥漫在它们周围的除了死亡

还是死亡。【📍对比：用大自然的春天和狗们内心的寒冷作对比，突出表现了这群狗现在行动的迟缓和思想的麻木。】

它们走得越来越慢了。狗没有丝毫的力气，一次次地跌倒在地。三个人的战争又开始了，梅赛德斯声嘶力竭，哈尔和查尔斯则是火冒三丈。有时候想想这次旅行，三个人又会悲从中来，抱头痛哭。

这一天，他们来到了白河口，到达了约翰·桑顿的营地。队伍停了下来，这时候所有的狗齐刷刷地倒在了地上，仿佛死了一般。三个人傻了，互相对视着，良久没有说话。营地的主人约翰·桑顿正在做一把斧头。哈尔走过去搭讪，桑顿自顾做自己的斧头，因为他看出来，这三个人对于旅行和驾狗完全不在行，否则整个狗队的情况也不会如此地糟糕。等到哈尔讲完，桑顿只是对他们的遭遇表示同情，其他的话他并没有多说半句。他看得出来，即使是说了，这三个人也不会听他的，与其这样，不如不说。

但是等到哈尔说他们还要继续赶路的时候，桑顿一脸的愕然。他不知道这伙人竟然无知到这个程度。现在是春天了，河流上的冰很快就会融化，如果这个时候还要赶路，那就等于自取灭亡。桑顿把这些情况告诉他们的时候，哈尔表现出不屑一顾。他用很轻蔑的口吻对桑顿说："你就在这里等着吧，等到冬天再来临！"。【📖语言描写：这一句简短的语言描写，突出表现了哈尔的骄傲和无知，为他们的死亡做了铺垫。】桑顿看看他的样子，无可奈何地摇了摇头，如果一个人要跳井的话，那么耳朵是挡不住的。桑顿感到失望，轻轻地走开了。

狗群里的狗都已经瘫倒在地，可是哈尔又扬起了手中的鞭子，他们的目的地是道森，还有好多路要走，他们要赶时间。桑顿看着哈尔，脸上流露出一种悲悯的神情。"这个固执的年轻人肯定会吃苦头，说不定要把自己的性命丢在白河口了。"桑顿心里想着，继续做他的斧头去了。

这一次，鞭子不起作用了。狗们第一次没有站起来，在以前这样的事情是没有的。鞭子曾经让它们兴奋，可是现在它们却无动于衷。任凭鞭子雨点般地抽打在它们身上，它们却站不起来。它们实在是没有力气站起来了。桑顿在一边看着，脸色极其难看，不知道是痛苦还是悲哀。

最后，它们还是站了起来。索莱克斯艰难地站了起来，迪克摇摇晃晃地也站了起来，可怜的派克三次站起来，三次又跌倒，最后用尽全身的力气站了起来。【🐾动作描写：此处的动作描写突出了它们站得非常艰难的样子。】巴克看到它们的腿在发抖，忍受着极大的痛苦，这大概就是雪橇犬的命吧！

只有巴克没有站起来，它趴在地上，呆呆地看着这群熟悉的老朋友，还有让它们受尽折磨的哈尔，它的眼神空洞，看起来丝毫没有起来的意思。哈尔愤怒了，手中的鞭子雨点般落在了巴克身上。巴克既不躲闪，也不喊叫，一任鞭子落在它的身上，它就像没有感觉一样。这一次，巴克铁定了心不再继续走下去了，反正都是死，与其死在路上，不如死在营地里。哈尔似乎发狂了，鞭子狂风暴雨般落在了巴克的身上，它瘦削的身上顿时起了很高的鞭痕。可是巴克还是趴在那里，纹丝不动。桑顿几次想过去制止他，但都忍住了，毕竟那是人家的狗，他没有权利干涉别人的私事。

看到鞭打无济于事，哈尔恼羞成怒。他返回身去，顺手拿了一根木棍，劈头盖脸地向巴克身上打去。巴克依然没有动弹，虽然有些疼，但是它没打算站起来，因为它知道站起来也是死亡。没有哀嚎，巴克就那样静静地趴在那里，眼睛里满是安详，没有恐惧也没有愤怒，有的是一种视死如归的态度。这或许可以看作它对哈尔的反抗吧。

巴克感到死亡之神正在向它靠拢。虽然这种感觉早就有过，但从来没有像这一次这样强烈。春天已经来临，但巴克丝毫没有感受到春天的气息，每天它看到的都是死亡。在阳光的照射下，冰河消融了，走在那些浮冰上的时候，巴克随时都会感到死神的逼近。从队伍到达白河口，它趴在地上的那一刻起，它就下定决心不再起来了，它知道再往前走它肯定是必死无疑了。沉重的棍子打在它身上，可是它什么感觉都没有，它的脑子里一片空白，它似乎听到了死神正在向它召唤，它感觉到这个世界正在渐渐远去，而自己则躺在温柔的云端里，那里没有饥饿寒冷，有的是温暖的壁炉、丰美的食物、辽阔的草原、绿色的牧场……巴克心里感觉到美滋滋的。

看到奄奄一息的巴克还在遭受毒打，桑顿忍不住了，他大喊一声，向哈尔扑了过去。哈尔一点儿防备都没有，被推倒在地。一边的梅赛德斯和查尔斯感到很突然，但是他们也不知道桑顿为什么会在这个时候冲过来。

桑顿俯下身来，看了一眼倒在血泊中的巴克，站起身来。两只眼睛里充满了怒火，"如果你再敢动它一下，我就揍死你！"桑顿恶狠狠地说道。

哈尔狼狈地爬起来，冲着桑顿吼道："关你屁事，这是老子自己的狗，就是打死了，也不需要你来管，你赶紧让开，否则老子对你不客气了！"

可是桑顿却没有要走开的意思。哈尔愤怒了，长这么大，还从来没有人敢这样对待他。他从腰间抽出腰刀，向桑顿砍了过去，桑顿一闪身，躲开攻击，顺势一绊，哈尔跌倒在地。桑顿从口袋里掏出两枚金币，扔在地上，对着哈尔喊道："滚吧，这只狗是我的了，没有你什么事了。"哈尔虽然感觉到很没有面子，但是看在两枚金币的面子上，还是乐滋滋地回到队伍中。一条即将死去的狗换回两枚金币，这个交易哈尔还是很满意的。

三个人驾着雪橇，赶着另外的四只狗，沿着河边慢慢地走了。巴克慢慢地将目光转到了渐行渐远的狗队，那目光中包含着留恋和怀念。它知道，不管怎样，它们都见不到面了。毕竟在一起共事了那么长的时间，巴克和它们已经有了感情。

接着它转过脸来，看着这个解救了自己的人，那眼神中充满了感激。桑顿用温柔的眼神看着它，用他那温暖的手抚摸着巴克的身体，小心地给它拭去身上的血迹，巴克伸出舌头，舔了舔桑顿的手。【🏠动作描写："舔了舔"这一简单的动作表现了巴克对桑顿救命之恩的无限感激之情。】突然之间，巴克感到是那样地温暖。

雪橇渐渐走远了，直到只剩下小小的一个黑点。巴克呆呆地望着，发出呜呜的声音，像是给他们送行。桑顿抚摸着巴克，眼睛里充满了疼爱和怜悯。

再说哈尔他们，驾着雪橇在冰上艰难地行走着，突然狗们一个趔趄，滑进了冰窟窿，它们挣扎着，雪橇也跟着滑了进去。梅赛德斯坐在雪橇上发出惊叫，哈尔也挣扎着，大声地呼救。可是越挣扎，雪橇就越快地掉进冰窟窿里。查尔斯吓得往后退，但是一不小心也掉进冰窟窿。整个狗队就被这无情的河流吞没了。冰面下的暗流冲击着他们，他们再也没有了生还的可能。

巴克猛地站了起来，摇摇晃晃地跑到河边，【⚙动作描写："猛地站""摇摇晃晃地跑"两个动作形象生动地表现出巴克的惊愕和有情有义。】桑顿也跟着跑了过去。河面上空荡荡的，只剩下一个个大大的冰窟窿。望着冰面下的暗流，巴克的眼睛里充满了泪水。

桑顿摇了摇头，抚摸着巴克，叹了口气。巴克懂事地一动不动，对这个救了自己性命的人充满了感激。它知道，它遇到了一个好的主人。

惊人的胜利

现在我们再来看看桑顿的情况吧。去年冬天的时候，他的脚冻坏了，生了冻疮，走不了了。同伴们给他留下了足够的食物，把他自己留在这里，而他们则继续赶路了。随着春天的来临，桑顿的脚正慢慢地变好。自从有了巴克之后，桑顿的心情好了很多，毕竟又有了伴。况且巴克也是一条比较有灵性的狗，深得桑顿的欢心。

现在巴克的日子过得优哉游哉，【成语：这一个成语形象地表现出巴克现在悠然自得的生活状态，和以前的风餐露宿形成一个鲜明的对比。】不用整天风餐露宿地赶路了。每天它都会趴在河边上，享受着暖暖的阳光，看着逐渐消融的冰面。它终于能够好好地休息一下了，这曾经是多么不切实际的想法，可是现在却实实在在地摆在了它的面前。

它身上渐渐地有了肉，皮肤也重新有了光泽。经过一段时间的休养，它又恢复到了原来的样子。现在它的日子过得逍遥自在。每天它都会陪着桑顿散步，它渐渐地喜欢上了这个男人，因为他从来不打骂它，并且会时常宠着它。他们就在营地里等着桑顿的同伴，他们会回来接他回去。

在这个营地里，巴克又结识了两个新朋友——斯基特和尼克。从第一天遇到巴克开始，斯基特就表现出它的善良的一面。它轻轻地舔着巴克身上的伤口，直到把巴克身上的淤血舔干净。就这样每天这只爱尔兰小猎狗都会过来照顾巴克，以至于到了后来，巴克都形成了一种习惯，每天都会让斯基特帮它舔舐身体。在斯基特的精心照顾下，巴克的身体渐渐恢复了。就这样它们结下了深厚的感情。

尼克性格内向，憨厚老实。它和斯基特一样，对巴克非常地友好，经常会叼来食物给巴克吃。因此它们相处得也很好。

这两条狗和巴克原来见过的雪橇犬不一样，它们没有好勇斗狠的毛病，和它们的主人桑顿一样善良、大度。逐渐地三只狗成了好朋友，它们在一起愉快地游戏，其乐融融。有时候桑顿也会加入它们的游戏当中，每当这个时候，三只狗都会围在桑顿的身边，叫着，跳着。这种场景很是温馨，像极了巴克以前在庄园里的日子。不过它已经很少去回忆这些往事了，现在的它过得非常愉快。它得到了从来没有过的关心和照顾，这种感觉很好，让它感到幸福。就是在大法官的家里，它也没有这样幸福的感觉，在那些狗面前，它的高贵是无与伦比的，和那些孩子们在一起嬉戏时，更多的时候它像是一个保镖。可是现在它的身份变了，它和桑顿以及斯基特、尼克是朋友关系。而桑顿也给予了巴克无微不至的关爱。【✎对比：通过在大法官家和现在生活的对比，说明了巴克为什么会对桑顿忠心耿耿。】

巴克敬爱桑顿还有一个非常重要的原因，那就是桑顿照顾它没有任何的功利色彩，他只是付出，就像对待自己的孩子。他已经把巴克它们看成了自己的亲人、朋友。他以它们的快乐为快乐。每天，桑顿都会陪着它们一起散步，叫着每一只狗的名字，自言自语地说着什么，虽然巴克它们听不懂，但是它们很开心。有时候，他还和它们开玩笑，粗暴地搂住巴克的脖子，骂一些难听的话，但是巴克一点都不生气。因为它知道桑顿并没有任何的恶意。相反，巴克很高兴，它感到自己是那样地被疼爱。也正是因为这个原因，巴克时常会在桑顿的面前撒娇。

有时候，它会咬住桑顿的手，不疼但是很紧。桑顿使劲地挣脱，大声地骂着，发出开心的笑声。等到好不容易挣脱开来，桑顿会发现自己的手上密密麻麻的全是牙齿印，但是桑顿却一点都不生气，他知道巴克并没有恶意，它只是在表达自己的某种感情。

有时候，巴克会远远地看着桑顿，看着桑顿的一举一动，看着他轮廓分明的脸庞，看着他做着各种各样的动作，看着桑顿的每一个细微的表情。【✎排比：运用排比生动地表现出巴克对桑顿的敬爱和感激之情。】每当这个时候，桑顿就会故意停下来，逗弄着巴克，惹得巴克摇头摆尾，而桑顿则哈哈大笑起来，这个时候狗和人有了足够的交流。

巴克从来没有像现在这样依恋一个人，自从被偷偷地卖掉以来，他换了不少的主人，但是没有一个主人像桑顿待它这样好。它很害怕有一天桑顿也会像以前的那些主人一样从它面前消失。甚至有时候，从睡梦中醒来的时候，它也会到桑顿的帐篷跟前去探视一番，只要听到桑顿那均匀的呼吸声，巴克的心里就会感到无比地坦然，它就能够安然入睡了。【🎐动作描写："探视""安然入睡"等动作生动鲜明地表现了巴克对桑顿的敬爱，以及它害怕失去桑顿的心理。】

经过这一年多生活的历练，巴克已经变得成熟了。它身上虽然还有那种温柔和忠诚的性格，但是它的野性也彻底地被激发出来了。那些见过的和亲身经历的打斗让它明白了"物竞天择，适者生存"的道理，弱肉强食是既残忍又公平的生存法则。经历过这些以后，巴克成了一条性格极其复杂的狗：它既温柔又凶狠，既忠诚又狡猾。【🎐形容词："温柔""凶狠""忠诚""狡猾"四个形容词把巴克复杂的性格特点准确地表现了出来。】在这样的环境中，它已经学会了如何生存，如何去树立自己的威信。面对斯基特和尼克，巴克表现得非常友好，因为它们是朋友。况且，这两条狗都是那样温柔敦厚，所以它们之间并没有争执。

但是，在面对其他狗的时候，巴克的那种勇猛凶狠的天性就表现出来了。不管对方如何地凶狠，巴克总能够凭借自己的实力击败它们。在这种斗争的过程当中，巴克变得更加精明、残酷，它不会放弃任何一次机会，以前的斗争经验告诉它，斗争就是你死我活的，如果给对方留下反攻的机会，那就会养虎为患，所以最好的办法就是置对方于死地。在这种思想的指导下，很多狗都倒在了它锋利的爪牙之下，再也没有站起来过。现在的巴克再也没有了当初的温情脉脉，它变得冷酷无情。当它踏上这寒冷的北方的第一天起，巴克就逐渐明白了这个道理。好战的斯皮茨、凶狠的爱斯基摩犬让它受益匪浅。

当巴克坐在那里的时候，它宽阔的胸膛、尖利的牙齿、长长的毛发显露出来，和家养的狗根本没有区别。在这个营地里聚集了很多像巴克一样的狗，它们大都有着和巴克一样的经历。不过，在这里它也能发现一些保留着狼性的狗，甚至它会发现附近有野狼出没。这些野狼自由地奔跑着，如同自己的祖先一样。有时候，巴克真想和它们一样，冲出营地，回到无边的旷野当中，但是它不能，因为它是那样尊敬和爱戴桑顿，它舍不得离开他。在这个时候，巴克会变得狂躁不安。

有时候，这些声音和影子会不断地诱惑着它。此时的巴克似乎控制不住自己，于是它跳起来，离开桑顿，离开营地，奔向旷野当中。它叫着，风驰电掣般地奔跑，树木不断地向它身后倒去。可是，桑顿的身影老是在它的脑海当中，挥之不去。于是巴克停下来，想了想，回转身去，又跑到桑顿的身边。【🔖动作描写：这一段动作描写把巴克既想融入旷野又舍不得离开主人的心理准确生动地表现了出来。】

终于冰雪消融了，汉斯和皮特从上游弄来了一只木筏，这让营地里的人非常高兴，他们终于可以重新出发了。桑顿显得异常兴奋，高兴地搂住汉斯和皮特，又笑又骂。巴克对这两个人非常冷淡，可看到桑顿跟他们关系非同一般，巴克开始慢慢地接受他们。当然，做这一切，巴克完全是为了桑顿。为了主人，它愿意隐藏起自己的个性。即便如此，汉斯和皮特也不会和巴克故意套近乎，因为他们知道这几乎是劳而无功的。

在前往道森的路上，巴克和它的主人有了更多交流的机会，它对桑顿的敬爱也与日俱增。它可以为桑顿做任何事情，但是别人却不能命令它，巴克只听命于桑顿一个人。到了道森，他们把木筏卖掉，用换来的钱买了一些生活必需品，然后继续赶路前往塔纳纳河的源头。巴克围绕着桑顿，身前身后，转来转去，很是高兴。

这一天，他们来到一个悬崖顶上。用壁立千仞来形容这个峭壁是再合适不过的了，低头望去，深不见底。桑顿坐在那儿，巴克则趴在他的身旁大口大口地喘气。这个时候，桑顿突然冲巴克喊了一声："巴克，跳下去！"

巴克没有丝毫的犹豫，站起身来，箭一般地向前冲去。【比喻：把巴克比作箭，生动地写出了巴克的速度之快，体现了巴克对桑顿的忠诚。】桑顿惊呆了，回过神来，赶紧追了过去，猛地抱住了巴克的后身。这时候巴克已经站到了悬崖边上，它身体前倾，眼看就要掉下悬崖。汉斯和皮特赶紧过来帮忙，费了好大的力气，他们才把巴克拽回来。桑顿跌坐在地，面色惨白。而汉斯和皮特则对巴克赞叹不已，因为他们还从来没有见过像巴克这样忠诚的狗。同时，他们也很羡慕桑顿弄到这样一条好狗。然而，桑顿似乎并不高兴，倒是显得忧心忡忡的样子。当汉斯和皮特问他的时候，桑顿才说明原因。原来他担心的正是巴克的忠诚，他担心这种忠诚会让巴克惹上麻烦。

这么一说，汉斯和皮特明白了，如果真像桑顿说的那样，那如果三个人打架的话，倒霉的肯定是他们两个人了。这样一想，两个人再也不敢随便跟桑顿开玩笑了。

过了不久，桑顿的担心就应验了。这天，他们来到色科尔城，在这里他们将进行短暂的休整。安顿好队伍以后，桑顿就独自一人到酒吧里喝酒去了。巴克很自然地跟在他的身后。桑顿找了一张桌子坐下，巴克则安静地趴在旁边。这时候，有一个叫黑伯顿的家伙进来了，这个人和酒店里的服务员发生了激烈的争吵。桑顿实在看不下去了，就走过去想要劝架。但是这个黑伯顿非但不听劝阻，反而重重地给了桑顿一拳，桑顿当时就被打懵了。幸亏旁边有张椅子，他才没有摔倒。

看到这种情况，趴在桌子旁边的巴克一跃而起，像闪电一样怒叫着朝黑伯顿扑了过去，黑伯顿丝毫没有防备，下意识地用手挡了一下，这一下虽然没有被咬到，但是巨大的冲击力让他跌倒在地。巴克又扑了上去，压在了黑伯顿的身上，顺势咬了他一口，当时血就流了出来。桑顿赶紧制止了巴克，周围的人也找来了医生，帮助黑伯顿包扎好伤口。巴克瞪着双眼，低声怒吼着，想要再给那个可恶的家伙一下子，但是被桑顿坚决制止了。

事后，酒吧里的人们议论纷纷，有的说应该把巴克逮起来，省得它以后再咬伤别人，有的说黑伯顿是咎由自取，是他首先挑起事端，责任不在巴克。经过一番讨论之后，他们最终决定释放巴克。经过这件事情之后，巴克就威名远播了，几乎整个阿拉斯加的人都知道有这么一条英勇救主的狗了。

桑顿因为这件事对巴克更是疼爱有加，而巴克则更加忠诚于桑顿了。

秋天到了，这一天，桑顿他们三个人想坐一条小小的撑杆船驶过一条名叫"64公里河"上的一段险滩。

汉斯和皮特在岸边将船上的缆绳拴到树上，这样船就不容易被冲走了。船在河里走着，他们两个人不停地把绳子从一棵树上换到另一棵树上。桑顿呆在船上撑船，把握船航行的方向和速度，同时不停地指挥岸边的两个人。巴克的双眼紧紧盯着河里的桑顿，【形容词：这个形容词准确形象地表现了巴克对桑顿处境的担心。】生怕他会出什么危险。这三个人和巴克都紧张得不得了。

这时，桑顿驶过一个暗礁，这个暗礁有一部分是露在水面上的，桑顿赶紧指挥岸边的两个人放船。汉斯手忙脚乱地解开绳子，桑顿用杆子一撑，船绕过暗礁，顺水漂了下去。桑顿想把船停下来，但水太急了，船根本无法停下来。岸边的两个人赶紧把绳子缠到树上，船停住了，但由于惯性，船翻了。桑顿一下子掉到了河里。岸边的两个人惊叫起来，巴克也狂跳不止，桑顿则在水里拼命地挣扎。转眼之间，桑顿被卷到漩涡当中，他在水中打转，两只手使劲地扑腾着，以维持身体的平衡，眼看他就要被河水吞噬了。汉斯和皮特急得在河边直打转，但是他们两个人谁都不敢去救桑顿。

巴克想都没有多想，纵身跳入水中，奋力地朝桑顿游去，终于赶上了桑顿。【动作描写："纵身""奋力""终于"三个词给人一种紧张得喘不过气来的感觉，表现出巴克对主人的深情厚谊。】桑顿好像见到了救命的稻草，一下子就抓住了巴克的尾巴，巴克带着桑顿朝河边游去。在这湍急的河水里游泳就算是空身一人都很费力气，更不用说是巴克了，更何况它还拖着一个淹得半死的人。这时候，他们碰到一个更大的漩涡，湍急的水流把一个人和一条狗困在中间，他们随着漩涡打转。这时候，桑顿碰到了河里的暗礁，他浑身一阵疼痛，紧接着他又被暗礁撞了一下，这一次疼得更厉害。桑顿急中生智，顺着水流的方向看到一块暗礁，他迅速地松手，然后抓住了石头。他朝巴克大声地呼喊，让它回去，但是巴克死活不肯。桑顿发怒了，大声地咒骂着，巴克看到主人生气，哀叫一声，转身朝岸边游去。这时的巴克已经身心疲惫了，一方面担心主人的安危，另一方面它已经没有力气了。等到汉斯和皮特把它拖到岸上的时候，巴克已经奄奄一息了。

经验告诉他们，桑顿绝对不可能在湍急的河流中呆很长时间，对于他们来说，现在拖延时间就是要桑顿的小命，他们必须要尽快想一个办法，要不然桑顿只能是死路一条了。他们解开船上的缆绳系在了巴克的脖子和肩头上，一头拴在树上。根本不用他们多说，巴克又一次跳进水中，奋力地朝主人游了过去。快要接近桑顿了，突然一个恶浪打来，巴克被冲开了。几次三番，巴克没有了力气。看到这种情况，岸上的两个人赶紧把巴克拽了回来。经过这一番折腾，巴克浑身就像散了架一样，它想站起来，但是腿却不听使唤了。

又一个巨浪打了过去，桑顿发出一声惊叫。巴克听到主人的惊叫声，就像被电击了一样，一下子站了起来，重新跳到了水中。虽然此时的巴克已经精疲力尽，【⚔成语：简洁的成语写出了经过一番千辛万苦的努力之后，巴克非常疲惫的样子，说明了它对主人的忠诚。】但是它的头脑却异常地清醒，它知道自己应该怎样去做，也知道自己只有这一次机会了，主人已经坚持不住，而自己也是没有力气了。它小心翼翼地朝主人游了过去。岸上的两个人也忙碌起来，慢慢地放着绳子，调整着绳子的方向。慢慢地，巴克靠近了桑顿。桑顿看到巴克过来了，猛地松开了抱住石头的手，拼命一跳，抱住了巴克。巴克的身子往下一沉，它拼命地挣扎着，朝岸边游去。但是现在它实在是没有力气了。岸边的汉斯和皮特也知道这种情况，拼命地往回拽绳子。两个人费了九牛二虎之力，终于把桑顿和巴克拽回到岸上。一个人、一条狗都已经人事不省了。

等到桑顿醒过来的时候，他发现自己躺在地上，身边有一滩水。他坐了起来，想想之前发生的事，突然摇摇晃晃地站了起来，四处张望，他是在找巴克。他知道是巴克拼了性命把自己救了上来。突然他发现，巴克就躺在离他不远的地方，肚子还一起一伏的。看到巴克还活着，桑顿激动地扑了过去，猛地搂住了巴克的脖子。还在昏迷当中的巴克轻轻地哼了一声。桑顿赶紧松开手，开始仔细地检查巴克，这时候他才发现巴克断了三根肋骨。看到这样，桑顿心疼得掉下了眼泪。

他们临时决定在河边安营扎寨，等到伤好以后再出发。于是，队伍在河边安顿了下来，桑顿则细心地照料巴克。

伤好以后的巴克比以前更加英武了。这一年，它又一次为自己赢得了声誉。而桑顿他们则为此赢得了一大笔金钱，他们欣喜若狂，因为这样他们就可以实现东部旅行的愿望了。

事情的经过是这样的。那是在一家小酒馆里，几个男人在那里谈天说地，说着说着就说到狗身上去了。每个人都在夸耀自己的狗，彼此不服气，这些人当中就有桑顿。桑顿把巴克的光荣历史说了一遍，大多数人都向他投来不相信的目光。桑顿则极力为巴克辩护。

其中一个叫马修森的男人故意出难题，他向桑顿挑衅道："你说你的狗如何厉害，那么它能拉动500公斤的雪橇吗？"桑顿皱了皱眉头，知道他是故意刁难自己，但还是硬着头皮说："当然能了，我敢打赌，它一定能行！"

顿时，旁边好事的人都大声叫好。两个人骑虎难下。马修森则拿过来一个大袋子重重地放在了地上，大声说道："这是1000块钱的赌注，我的赌注在这里了，现在就看你的了。"

桑顿看着马修森，很后悔自己刚才说过的话，但现在是箭在弦上不得不发了。他环顾了一下四周，突然发现一个老伙计——吉姆。这个家伙刚从外地淘金回来，现在腰杆也挺起来了，听说他赚了不少钱。于是桑顿走了过去，向吉姆打招呼，并向他提出借1000块钱。吉姆很不情愿，但碍于朋友的面子，还是借给他了。

桑顿拿着钱袋，也放到了马修森放钱袋的地方。看着马修森，默不作声。

看到这种情况，马修森很是得意，他朝外面努了努嘴，不屑地说："外面那车面粉重500公斤，你去把你的狗牵来吧，如果它能拉动，这1000块钱就是你的了！"【📖语言描写：把马修森的神态和心理刻画得惟妙惟肖，写出了他的得意洋洋和对巴克的蔑视。】

现在的桑顿就算想反悔也不行了，男人都是要面子的，更何况现在酒馆里里三层外三层围了个水泄不通。马修森在旁边洋洋得意地看着桑顿，他的这车面粉已经在外面几个小时了，大概雪橇已经冻住了，别说是一只狗就是十只狗也要费点力气，他根本不相信巴克能够拉动雪橇，现在看来他是稳操胜券了。而桑顿则紧张地流了一身汗。他硬着头皮把巴克喊了过来，搂住巴克的脖子，低声地说："好伙计，现在就看你的了，你一定要给我长脸啊！"巴克好像明白桑顿的意思，摇了摇尾巴，舔了舔桑顿的手。

巴克上场了，桑顿给它套上了挽具。周围看热闹的人群都屏住了呼吸，他们发现巴克确实是一条与众不同的狗。经过这一段时间的调整，巴克的面貌可以说是焕然一新了。它体形匀称，浑身上下充满了力量。身上的毛皮如缎子般光滑。更为难得的是它身上有一种高贵的气质，给人以凛然不可侵犯的感觉。套上挽具的巴克蓄势待发。【📖成语：准确形象地写出了巴克已经做好了充分的准备，完全有能力拉动雪橇。】人群兴奋起来，马修森现在也不那么自信了。

一名狗贩子突然站了出来，嘴唇哆嗦着，用手抚摸着巴克，眼睛里充满了兴奋。他对着桑顿和马修森说："你们两个不要比了，赌注我给你们，一家1000怎么样？"桑顿坚决地摇摇头。他轻轻地抚摸着巴克，嘴里嘟哝着什么，好像在给巴克加油。

巴克明白主人的意思，低声叫了几声，眼睛里满是力量。桑顿轻声地说了句："好巴克，开始吧！"

巴克先向前跑了一段距离，身上的绳子绷紧了，然后再轻轻一松，随即又用力一拉，雪橇没有动。周围的人都屏住了呼吸，聚精会神地看着巴克。桑顿和马修森头上都微微冒汗。

巴克停了下来，突然朝右侧冲了过去，它的前脚立了起来，被雪橇狠狠地拦了回来，退回来的巴克再朝左侧冲了过去。巴克以前拉雪橇的时候，那些主人们教过它如何把冻住的雪橇拉得动起来，所以它知道如何把雪橇拉动。周围的人们一片赞叹。

接连几次之后，雪橇下的冰终于一点点地裂开了，发出噼里啪啦的声音，向四处散去。桑顿也兴奋起来，大声地给巴克加油。终于，雪橇下发出清脆的断裂声，雪橇动了。四周掌声雷动。

桑顿让巴克停下来，转过身去，想拿那两袋金币。可这个时候，马修森不干了，他说："我的意思是说，让你的狗把雪橇拉着前进才算数……"【📖语言描写：一句话就把这个无赖的形象展现在大家面前。】他的话被周围人的嘘声压了下去，四周的人都对他投以鄙视的眼光。马修森觉得很没有面子，但还是坚持着。经过一番讨价还价之后，马修森同意如果巴克能够把雪橇拉得前进一百米，桑顿就算赢了。四周的人也想看看巴克的表现到底怎么样，所以都支持马修森。

既然大家都这样认为，桑顿也没有什么说的。他走到巴克身边，轻轻地拍了拍巴克说："好伙计，再加把劲儿，我们就胜利了！"巴克懂事地摇了摇尾巴。

"巴克！向前！拉！"桑顿发出命令。

听到命令的巴克用上了全身的力气，它肩头上的毛耸立着，嘴里发出呜呜的声音，绳子拉得笔直，地上的雪橇慢慢地动起来了，巴克压低自己的身体，雪橇一点一点地向前挪动，周围的人数着数。启动以后的雪橇行走起来就快多了，巴克调整了一下姿势，以便更好地拉着雪橇前进。一百米不算长，但是对于巴克来讲，还是很长的，因为它只有60公斤的体重，而这个雪橇却重达五百公斤。即便如此，巴克还是不肯停下来。直到桑顿让它停下来，它才停下来。这个时候马修森无话可说了，只得乖乖地把那一袋金币交给桑顿。

这时候整个人群都沸腾了，整个酒馆处在了节日般的狂欢中。人们把桑顿和巴克团团围住，像是迎接凯旋的英雄。桑顿激动得说不出话来了，只是用手轻轻地抚摸着巴克，猛然间他用力地拍打着巴克的身体，流出了激动的眼泪。巴克用身体轻轻蹭着桑顿，像是在邀功，也像是在撒娇。【🏠动作描写："抚摸""拍打""蹭"几个动词的使用，把桑顿的激动和巴克的乖巧温顺表现了出来。】

　　这时候，那个狗贩子又走了过来对桑顿说："先生，您随便出价吧，您要多少我给您多少！"

　　桑顿摇了摇头，坚决地拒绝了他。对于桑顿而言，巴克不仅仅是一条狗，而是他的爱人、孩子，巴克是无价的，他不会把它卖给任何人。直到这个时候，那个狗贩子才恋恋不舍地离开了。

　　桑顿扛着那袋金币离开的时候，巴克紧紧地跟在他的身后，周围的人群都用一种艳羡的眼光看着他们。桑顿和巴克心安理得地接受这种注视。

　　回去以后，桑顿好好地犒劳了巴克一顿，汉斯和皮特也异常地兴奋。

第七章

野性的呼唤

仅用了几分钟的时间，桑顿就赚到了1000块钱。在这几天里，汉斯和皮特也赚了600块钱，所以现在他们有了充足的资金。这样，桑顿就可以偿还自己的债务了，同时他们还可以用这笔钱去寻找传说中的宝藏。

据说，这个宝藏就在东面森林里的一座小木屋附近，只要找到了那座年久失修的木屋，他们就能够找到宝藏了。多年来，有不少的人历尽千辛万苦去寻找宝藏，却都在最后无功而返，或者是死在去的或者回来的路上。所以至今还没有人见过那个小木屋。

他们决定拿出1000块钱前往东部地区去寻找那个传说中的宝藏。于是他们就带上巴克还有其他的六条狗出发了。他们走的路从来没有人知道过，一路上他们<u>披荆斩棘</u>，【✗成语：这个成语准确生动地描写出他们旅行的艰难困苦。】翻山越岭，走得十分辛苦，但是他们毫无怨言，旅行的神秘刺激着他们。

桑顿的经验非常丰富，他随身携带的物品除了猎枪、火药、食盐以及一些探险工具之外，就没有其他的了。因为现在是春天，所以他们不需要携带食物。他们可以随时猎取食物。巴克在他的身边跳来跳去，有时候偶尔有野兔等小动物跑过，它就会去追赶，直到把猎物叼回来为止。这时候，桑顿就会把猎物奖赏给它。有时候他们也会偶尔饿肚子，但乐观的桑顿总会告诉他们，前面总会有食物的。

他们就这样在茂密的丛林中寻找那个极具诱惑力的宝藏。

夏天来临了，他们翻过一座座山，来到一个地方，那里有开着各色花

的植物，还有一些叫不出名字来的动物；秋天的时候，他们又到达了一个湖泊，这里很少会有动物。偶尔会有候鸟在天空飞过，但是从不停留。

时间过得很快，转眼之间冬天来了，中间有几次他们以为找到了传说中的小木屋，可每次都大失所望。

当春天再次降临大地的时候，他们还是行走在路上，却始终没有找到那座小木屋。此时时间已经过去了整整一年。

这一天，他们来到了一个山谷里，这里山清水秀，还有茂密的丛林。突然，桑顿惊奇地发现有一个地方的泥土是金黄色的。经过仔细查看，他们才发现那些黄色的泥土原来是金沙。这意外的发现让他们欣喜若狂。【成语：用这一个成语形象传神地刻画出他们发现金矿时的高兴欢喜之情。】当泥土被刨掉的时候，他们惊呆了，这是一个巨大的金矿，那些金子在阳光下发出耀眼的光芒。于是他们决定停止前进，留在这里开采黄金。这真是一个意外的收获。

他们就地取材，砍伐了不少的大树，建造起木屋，然后就开始了工作。每天他们都工作得很辛苦，早早起来，很晚才收工回来。虽然工作艰苦，但是得到的回报也是很可观的，金子就堆在门外的地上，每天都在增加。这些堆积的黄金让他们充满了希望，不出半年他们就是真正的富翁了。想到这些，他们的工作就更加卖力了。

巴克它们没有什么事情可做，在一天的大部分时间里它们都是在晒太阳。只有看到桑顿去寻找食物的时候，它们才有了事情。它们跟在桑顿后面，只要桑顿找到猎物，它们就会争先恐后地把它们拖回去。可这些事情做了几次之后，巴克就没有兴趣了。于是它就会趴在那里，陷入无边的遐想中。这个时候，巴克的脑海里会突然冒出一个短腿男人的形象。

有时候巴克会感到这个男人就睡在它的身边，但是他睡得极不踏实，老是从梦中醒来，偶尔会去看看头顶的天空，眼睛里充满了一些恐惧和希冀。有时候巴克会梦见和这个男人一起走在海边上，看到海滩上有贝壳之类的东西，他就会捡起来吃掉。他吃东西的时候，眼睛里也充满了对外界的警觉，好像随时准备逃走。还有一些时候，巴克会梦见自己和这个男人一块儿走路，他们同样对外界保持警惕，这个男人甚至还会爬树，在茂密的丛林里突然间消失得无影无踪。连巴克自己也不知道，为什么会有这样一个短腿男人的形象出现。

但是每次这个时候，它都会有一种冲动，冲到无边的林海当中。这里同样会有一些东西吸引着它。那一声声野狼的叫声，让它兴奋激动，坐立不安。于是它会循着那些声音追过去，直到跑到很远很远的地方。它的心里隐隐约约地有个想法——"离开这里，回到荒原当中"，每当这个时候，它就会显得非常痛苦，因为木屋里还有它敬爱的桑顿。

已经到夏天了，这个时候巴克会时不时地犯困。有时候，它会在睡着的时候，突然跳起来，飞快地跑入树林，它喜欢那里，那里有欢唱的小鸟、山鸡、松鼠，甚至还会有麋鹿出现，更重要的是那里有那些神秘的召唤。有时候它会呆到很晚才回到营地，那时候桑顿他们都睡熟了，于是巴克就会趴在木屋前发呆。不同的想法交织在一起，让它无法安然入睡。那些亲切的召唤一直萦绕在它的心头，它越来越向往那种荒野的生活了。

傍晚来临的时候，巴克像往常那样打起了瞌睡。睡梦中忽然听到一个声音。它跳了起来，环顾四周，却没有发现什么东西。这时候，这个声音越来越清晰，那是一声长长的嚎叫，这个声音既陌生又熟悉，巴克被这个声音吸引，飞奔出了营地，追寻那个声音而去。它迅速地来到了树林里边。这时候，声音越来越近了。巴克放慢了脚步，蹑手蹑脚地朝前走。这时，巴克的眼前突然出现一片开阔地，它发现一条狼正蹲坐在那里。那条狼瘦长，但是健壮，它仰着头正对着天空长啸。巴克慢慢地靠近那只狼，它感到那只狼对它而言是那样地亲切。

那狼似乎感觉到巴克的存在，停止了叫声。这时候巴克已经走到空地中间，它也蹲坐下来，用一种复杂的眼神看着那只狼。这眼神里有探寻，有善意，还有威胁和恐吓。那只狼似乎受到了侵扰，转过身走了，巴克在后面紧紧跟随。

可笑的是，那只狼慌不择路，竟然被追到了一条绝路上。没有办法，那只狼只有转过身来，全身毛发竖立，后脚站立，整个身体直立起来，发出愤怒的嗥叫。巴克也不甘示弱，对着那只狼咆哮起来。

但是巴克却没有动手的意思，他只是围着那只狼转圈，表示自己并没有什么恶意。但是那只狼并没有放松警惕，依然高度警觉，眼睛里透露出不信任。它的眼睛四处张望，寻找着可以逃跑的路线。因为它知道自己根本不是巴克的对手。但是不管它跑到哪里，巴克都是不远不近地跟着自己。那只狼感到很无奈。

它们就这样转着圈子，最后又回到了空地中间。那只狼发现巴克并没有与自己为敌的意思，于是就放松了警惕，主动停了下来。它友好地嗅了嗅巴克的鼻子，【☞动词：这个轻柔的动作表现了狼对巴克友好的态度。】巴克也表示出同样的善意。经过一番试探，这一条狼一条狗成了好朋友。

它们在一起交流了一会儿之后，那只狼站起身来，用眼睛示意巴克跟它走，巴克不假思索地同意了。就这样，巴克紧跟在那只狼身后，向丛林深处跑去。它们整整跑了一夜，翻山越岭，巴克从来没有像现在这样兴奋过。天亮的时候，它们来到一个开阔的地方。这里地势平坦，森林茂密，还有清澈的小溪。太阳已经升得老高了，一夜的奔跑让巴克感到兴奋，突然它的脑海里闪现出它祖先的影子，那时候它们也像现在这样自由地奔跑，追逐猎物，发出长长的嗥叫声。巴克突然明白，这才是自己想要的生活。

可是突然，桑顿的身影出现在巴克的脑海中，它似乎看到桑顿焦灼的眼神，听到桑顿的叫喊声。巴克坐在那里，呆住了。那只狼不明白是怎么一回事，继续鼓励巴克朝前跑。可是巴克呆坐在那里，再也不肯走了。突然它返回身去，顺着原路往回跑。那只狼跟在巴克身后，可是巴克跑得很快，很

快就把那只狼甩在了身后。那只狼在巴克身后发出长长的嚎叫，那叫声在密林里、山谷里回荡，似乎有千万只狼在向巴克发出召唤。可是巴克没有停下来，现在它心里想的是尽快回到桑顿的身边。

当巴克气喘吁吁地跑到营地的时候，整个营地乱了套，桑顿他们正在到处寻找巴克。看到巴克回来，桑顿非常高兴，他搂住巴克的脖子，亲切地叫骂着："该死的东西，你究竟跑到哪里去了？"【🚪语言描写：生动准确地写出了桑顿对巴克的宠爱。】巴克用身子蹭着桑顿，眼睛里充满了依恋，同时也有悔恨。"以后可别到处乱跑了，你不知道我有多担心吗？"巴克懂事地摇了摇尾巴。

这之后的两天里，巴克再也没有离开过桑顿，它整天跟在桑顿身边，桑顿走到哪里它就走到哪里。当桑顿工作的时候，它就趴在旁边，目不转睛地看着；桑顿吃饭的时候，它就站在不远的地方看着他；桑顿睡觉的时候，它则趴在小木屋的外边，直到桑顿酣然睡去，它才睡觉。【🔍排比：此处几个排比句的运用把巴克对桑顿的那种复杂感情表现出来，它既想离开，又恋恋不舍。】

两天过去了，晚上巴克又听到了那熟悉的呼唤声。那呼唤声一声比一声强烈，似乎是不达目的誓不罢休的样子。巴克脑海里闪现出那只狼的样子，那自由的奔跑……有几次巴克真想冲出去，可是它没有这样做，因为它知道如果这样，桑顿肯定会伤透心的。现在它的脑子乱极了，干什么事情都无精打采的。

它又开始了漫无目的的行走，森林里留下了它的足迹。不知不觉，它来到了上次遇见那只狼的地方，但是那里空荡荡的，巴克突然间感到心里空落落的。其实它真的希望能在这里遇见那只狼，哪怕只是远远地看上一眼。从这天开始，它每天都会在这个地方坐上一段时间，但是那只狼似乎一下子消失了，再也没有出现过。巴克有点儿怅然若失的感觉。【✂成语：把巴克想见到那只狼却又见不着的那种失落的心理准确地描绘了出来。】

但是巴克并不是一点儿收获都没有，现在它学会了如何捕获猎物，以前它是偶尔捕获一点猎物，现在它开始真正地自己捕捉猎物了。

这一天，巴克来到了一条小溪边，水中有不少鱼。巴克欣喜若狂，跳到水里准备美美地吃一顿。正在这个时候，有一只大黑熊过来了，它也是想来水边找点东西吃。巴克的出现让这只黑熊非常生气，它怒吼着，朝巴克扑了过去，想把巴克赶走。但是巴克似乎并不怕这只黑熊，多年的战斗经历，巴克还从来没有怕过谁。但是显然这次它碰到了一个强悍的对手。

那只黑熊巨大无比，但是似乎显得有点笨拙。巴克体型要小得多，但是它灵敏。这样看来，它们两个互有优劣。这场恶战用了整整一上午的时间，那只黑熊终于招架不住，落荒而逃。而巴克那些凶残的本性在这次打斗当中被完全激发出来了。

自从这次打斗之后，巴克渐渐发生了变化，它打斗的本领越来越强。以前它面对的只是狗，现在在旷野中，它不知道自己将会遇到什么样的庞然大物，但是有一点，巴克从不惧怕它们，它有能力有自信战胜它们。它的皮毛也有了夺目的光泽，身体愈发地强壮有力，它的形象越来越像狼了，并且它比普通的狼要大得多。现在的巴克更像是一条从旷野中走来的狼，而不是一条狗。

现在的巴克成了这片山林当中的一员，它既有狼一般的狡猾，又有着从人类那里学来的智慧，更重要的是它的战斗经验非常丰富，这让它在山林中难以遇到一个像样的对手。它的速度和反应能力都是其他狗所比不上的。当它在营地里的时候，它是一条狗，温柔、善良。但是一旦它进入丛林，它就成了一条狼，它在无边的树林当中穿行，一点声音都没有，速度快得就像闪电，只要发现猎物，它会不失时机、毫不犹豫地扑上去，任何猎物都会在猝不及防的时候倒在它尖厉的爪牙之下。【成语：用这个成语一方面说明了那些猎物的毫无准备，另一方面也说明了巴克的速度非常快。】它的目光极其敏锐，树上的鸟、窝里的兔子、河里的鱼都逃脱不了巴克的眼睛，只要是它想做，这些东西从来就逃脱不了死亡的厄运。它越来越喜欢这种捕食的感觉了。有时候，桑顿喂它食物，它连看都不看一眼。因为它已经吃饱喝足了。唯一没有变化的是它对桑顿的忠诚。

转眼之间，又到了秋天。这时候森林当中的麋鹿多了起来。巴克感到异常地兴奋，因为这些麋鹿既可以用来练习捕猎，又可以用来当美餐，捕食它们真可以说得上是一举两得。可是事情并不像巴克想的那样简单，成年的麋鹿非常狡猾，同时它们奔跑的速度极快，那些又尖又长的角是它们抵御进攻的有力武器。所以一段时间下来，巴克收获甚微，只是逮到了一只小鹿。但是巴克并没有感到气馁，相反它身上的那种野性被激发出来。于是它专门呆在鹿群出没的地方守株待兔。

机会终于来了，这天巴克在河流的尽头发现有鹿群出没。这个鹿群共二十多只鹿，领头的鹿身材高大，浑身上下充满了力量，长长的鹿角尖利无比，一看就是一个不好对付的家伙。但越是这样，巴克就越兴奋。它的头脑非常冷静，它躲在树林中观望，想要寻找最佳的攻击时机。同时机警的领头鹿也发现了它，开始向整个鹿群示警。

领头鹿紧盯着巴克走了过去，巴克上下打量着这只公鹿。它发现这只公鹿的确有领袖气质，身材高大健壮不说，单就是它身上裸露在外的箭头就足以说明它是怎样地英勇机智。和人类相处久了，巴克深知人类的残忍，能从人的手下逃生并不是一件很容易的事情。但是巴克并没有害怕，它看着这头公鹿，一个计划产生了。它知道擒贼先擒王的道理。它对着鹿群冲了过去，想要把那头公鹿吸引过来。

巴克冲到领头的公鹿面前，低声地嚎叫，围着它转圈，从左边转到右边，又从右边转到左边。但是那只鹿非常有经验，它呆在原地不动，只是在原地转身，巴克到哪里它的长而尖硬的角就指向哪里，并且他会时不时抬起它的蹄子来踢巴克。【■细节描写：生动准确地体现了战斗双方小心谨慎的样子。】巴克只好不停地躲闪。因为它明白，这场战争胜利的一方会活下来，而失败的一方只有死路一条。如果被踢中或是受伤，那么成群的麋鹿就会冲过来将它踩得粉碎。

领头的鹿似乎着急了，它不敢进攻，但随时都会被攻击，巴克锋利的牙齿已经在它身上留下了好几个窟窿。当巴克再次扑上来的时候，那只鹿一闪，瞅准时机用它坚硬的角朝巴克肚子上顶去，想给它来个开膛破腹。巴克一闪，躲开这次致命的攻击，向旁边逃去，而那只公鹿则紧追不舍。巴克暗自高兴，将计就计，迅速撤离战场，不时地回头张望。那只公鹿发疯般地追了过来，完全没有意识到自己的危险。

正当巴克暗暗高兴的时候，三只小鹿冲了出来，一起围攻巴克。这时候的领头公鹿也突然意识到自己犯了一个致命的错误，于是退回鹿群当中。三只小鹿边打边退，慢慢地也退回到队伍当中。巴克诱敌深入的计划彻底破产了。【☆成语：这一成语准确地描写出了巴克的机智，这是它从无数次打斗过程当中摸索出来的经验。】眼看即将到来的胜利成为泡影，巴克愤怒地叫了几声，又故伎重演，但这一次那只领头的公鹿怎么也不肯上当了。

虽然计划并没有成功，但是巴克一点都不气馁。它很悠闲地跟在鹿群后面，【☆形容词：看似悠闲，其实一点都不悠闲，巴克只是在寻找更有利的时机。】一有机会就跑过来捣乱。一会儿去攻击小鹿，一会儿又去骚扰母鹿。那些小鹿和母鹿时不时地发出惊叫声，这让那只领头的公鹿很是恼火，但是它什么办法都没有。其实巴克的目的很明显，就是激怒领头鹿，这样它就有机会下手了。领头鹿紧张地盯着巴克，可巴克的攻击依然继续。

时间一点点地过去，鹿群节节后退，而巴克则是步步紧逼，并且越战越勇。看到鹿群已经焦头烂额了，巴克又开始了新一轮的攻击。如果说前面的攻击只是挑逗，那么这一次巴克是认真的了。那些小鹿们盯着领头鹿不知所措，那些胆小的母鹿一个劲儿地朝领头鹿的身后躲。巴克的目标还是那只领头鹿，只要是把领头鹿消灭了，整个鹿群也就完了，巴克显然明白这个道理。在第一次的战斗中领头的公鹿就已经身负重伤，现在它是左支右绌疲于应付了。看到领头鹿这样，整个鹿群都要绝望了。

太阳下山了，鹿群被巴克弄得身心疲惫，充满了对死亡的恐惧。它们搞不明白为什么这只野兽会<u>不依不饶</u>地跟着它们。【成语：准确地写出了巴克的韧劲，把巴克的锲而不舍的精神表现了出来。】后来它们明白了，巴克的目的只是它们的领袖，巴克是在拿它们的领袖练活儿。只要它们的领袖死了，那就万事大吉了。

黑夜到来了，领头的麋鹿感觉万分疲惫，它感受到了死亡的气息，内心深处涌出阵阵绝望的情绪。它勉强地走着，追赶着自己的同伴。它想起了温暖的南方，恐怕它再也没有机会回到那里了，眼前这只狗让它感到前所未有的恐惧。以前面对敌人的时候，它总能从容应付，可是这一次似乎它已经力不从心了，因为它碰上的是比以前的敌人狡猾凶狠一百倍的家伙。它清楚地知道自己的生命即将走到尽头。那温暖的南方只能是一个幻想了。

巴克似乎并没有一下结果领头鹿的念头。它不停地攻击，但是从不伤到它的要害部位。它只是让领头鹿没有休息的机会，只要它想休息或者吃点东西，巴克就会发起攻击，领头鹿只好反过身来进行自卫。领头鹿已经绝望了，但是巴克还是没有杀掉它的意思。这可能就是巴克的游戏规则吧，但是这个规则似乎有些残忍。巴克也明白这个道理，但大自然的生存法则告诉它，如果它失败了，结果也会这样，所以这又是公平的。

面对着无休止的纠缠，领头的公鹿实在是受不了了。它的身体不再健壮，步履蹒跚，每走一步路都会很吃力。可是巴克依然重复着以前的把戏。

这天，它们追逐着来到了一座峭壁旁边，鹿群累得走不动了，停下来休息。<u>巴克也蹲坐下来，现在它并不急于攻击，就像猫逮住耗子并不急于吃掉一样。</u>【类比：用猫逮耗子这个事例来说明巴克以折磨鹿群为乐趣的心理。】领头的公鹿转过身来，看了一眼它的手下和孩子们，眼睛里流出了绝望的泪水。突然，它狂奔着向峭壁撞了过去。脑浆溅了一地，在太阳的照耀下，在峭壁的遮挡下那摊脑浆很是刺眼。领头鹿倒在地上，眼睛睁得圆圆的，恐怕是死不瞑目吧。

看到这样，巴克突然间没有了兴致，任凭那群麋鹿远去了。

巴克也已经几天没有进食了，面对着倒在地上的公鹿，它突然感到饥饿。于是它饕餮了一顿。等到吃饱了以后，它趴在地上休息了一阵子。这时候，它又想起了它的主人，不知道现在他急成什么样子了。想到这里，巴克站起身来就往回跑。

在路上，它突然嗅到了一些陌生人的气味，空气当中似乎还有某种血腥的味道。这让巴克有了一种不祥的预感。它加快了步伐，风驰电掣般朝营地方向奔去。【成语：形象地说明巴克奔跑的速度之快，以及它的感觉之灵敏。】

快要到达营地的时候，巴克突然发现了人的脚印。不祥的预感越来越强烈。它意识到自己正处在危险的境地中，于是它提高了警惕，悄无声息地向前冲去。树林中失去了往日的生机，那种喧闹的场面不见了，林中一片寂静。突然，它发现一条狗躺在地上，鲜血已经凝固，看来已经死去多时了。强烈的恐惧感袭击着巴克，它不禁担心起主人的安全来了，飞速地向营地冲去。

巴克清晰地嗅到了空气中血腥的味道，它的心揪紧了。循着气味跑过去，灌木丛中尼克的尸体出现在它面前，一支羽毛箭插在它身上，看来它是遭人暗算，中了一箭，拼命爬到这个地方的。巴克更担心了。

它发疯似地奔向营地，在路上它又发现了一条狗。这条狗是桑顿买来拉雪橇的，现在它在地上痛苦地挣扎着，巴克停了下来，叼起它又继续朝前跑去。营地里传来微弱的声音，巴克的心愈发地揪紧了。它放下那条狗，轻轻地朝营地走去，当它来到营地边上的时候，发现汉斯倒在血泊当中，看起来也已经死去多时了。他的身上插满了羽毛箭，就像尼克一样，巴克绝望了。

巴克朝小木屋的方向看去，顿时愤怒了。它发现一群印第安人正围着木屋前的金子跳舞。桑顿他们费尽心力搭建的木屋已经被捣毁了。它浑身的毛竖了起来，闪电般扑向那群印第安人，只一口，就已经结束了那个领头的人的性命。其他的人还没有反应过来，就遭到了巴克的袭击。它的动作非常迅速，几乎是口口致命。有的人想拿箭射它，但还没等拉开弓，就已经死了。有个人想拿手中的长矛来抵挡，巴克一闪，长矛刺中另一个人的胸膛，那个人痛苦地倒在地上。其他人一见，大叫一声，四散开去。巴克在后面紧追不舍，又结果了几个人的性命，直到那些人逃得不见踪影了，巴克才转回身来，朝着营地的方向飞奔而去。

山谷当中一片死寂，【✗形容词：这个形容词准确形象地描绘出一场激战之后山谷当中寂静的样子，给人一种阴森的感觉。】它在山谷当中发现了皮特的尸体，在旁边，它发现了桑顿的脚印。地上还有很多杂乱的脚印，看来这里一定经历了一场激烈的搏斗。循着足迹和气味，巴克朝前寻找。足迹在一个深水池边消失了。斯基特漂在水面上，身上插着羽箭，巴克感到万分悲痛，因为斯基特是它的好朋友，如果没有斯基特自己大概早已经死了。桑顿的气味也消失了，巴克知道，它的主人一定也是掉进了这个深水池中。它围着这个水池转了几圈，但是什么也没有。它发出一声长嚎，那嚎叫声里充满了难以言说的悲痛，这个世界上最关心它、宠爱它的那个人去了。

"报仇"，巴克的脑海里突然出现了这样的字眼。跟人类打交道这么长时间，它知道人类的贪婪。只要那堆金子还在这里，那群人是一定要回来的。【🏠心理描写：这一段心理描写写出了人类的贪婪，也写出了巴克的机智。】于是它就守在金子旁边的树林里。

果然，傍晚的时候，先前的那几个人，缩头缩脑地回来了。他们手里拿着长矛、羽箭还有布袋。看到金子，他们的眼睛都绿了，迫不及待地放下手中的东西，【✗成语：形象生动地写出了那些印第安人在见到黄金时贪婪的丑陋嘴脸。】开始往布袋里装金子。巴克就在这个时候冲了出来，以迅雷不及掩耳之势结果了这几个人的性命，一个都没有留下。

可是巴克并没有从悲痛中走出来，它变得沉闷，呆在水池旁边，没有丝毫睡意。

月亮出来了，惨白的月光照耀着大地，巴克依然坐在水池边，默默地看着水面，心里满是悲伤。它知道桑顿已经死了，但是它却不愿意承认这个事实。突然，从远处传来一声嚎叫，这声音是那样地熟悉，那样地亲切。这久违了的声音，让巴克突然想起那只狼。也许是冥冥之中注定了吧，它注定要走向旷野，只不过方式是这样地惨烈。这声音越来越大，越来越多，汇成一首对自由的荒野的颂歌。这些叫声，让巴克深藏的记忆苏醒了。它站起身来，朝向声音发出的方向，也发出同样的呼喊。这叫声里充满了对荒野的呼唤，对同类的渴求。

突然，一大群的野狼出现在巴克面前，原来是一群正在猎食的野狼。巴克静静地站在那里，一动不动，狼群停了下来，叫声也停止了，所有的狼都用眼睛看着巴克。巴克身上自有一种威严的气势，这是野狼们所没有的。巴克和狼群互相注视着。

终于，一只狼冲了过来，对准巴克冲了过去，巴克灵巧地一闪，顺势一口，那只狼痛苦地倒在了地上。接下来，又冲过来三只狼，冲向巴克，巴克毫不畏惧，一边躲闪，一边还击，不到五分钟的时间，三只狼先后倒了下去。

看到这种情况，整个狼群都涌了上来。但是看起来它们毫无章法，你推我搡，不但无法攻击巴克，反而把自己挤得东倒西歪。巴克灵巧地躲闪着，它的头脑异常冷静，同时有些兴奋，面对如此众多的对手这还是第一次。它灵巧的身体在狼群当中出没，没用几分钟就把这群狼冲得七零八散。有几只狼还在这场混战中受了重伤。

狼群停止了攻击，目瞪口呆地看着巴克，【✗成语：准确地表现出狼群在激战之后的神态，把它们的那种惊讶描写得十分传神。】它们不知道这只看上去是它们同类的动物为什么如此神勇。它们蹲坐在地上，口里喘着粗气，伸出通红的舌头。这时候，一只狼走了过来，巴克一下子就认出了这就是它认识的那只狼，它们曾经一起度过一个让它们难忘的夜晚。巴克呜呜地叫着，摇着尾巴，这只狼也发出呜呜的声音，两只狼亲热地交流起来，充满了友善和关心。

一只老狼走了过来，看起来它已经身经百战，从它身上的伤痕就可以看出来。巴克看到狼走过来，顿时警觉起来，全身毛发竖立，发出低吼。但是那只狼看起来似乎并没有什么恶意，它只是友好地走过来，围着巴克转了几圈，嗅了嗅巴克的鼻子，巴克知道这是对自己表示友好的意思，所以它也以同样的方式来回应那只老狼。随后，那只老狼蹲坐下来，面对着皎洁的月亮发出一声悠长的嚎叫，那叫声充满一种苍凉和悲壮的味道。【🏮场面描写：简单的语言描写了一幅非常美丽的画面，体现了巴克对祖先原始的自由生活的向往之情。】"苍狼啸月"这幅在巴克头脑中出现过多少次的画面现在终于变成了现实。周围的狼也都坐了下来，面对着月亮，发出同样的叫声。巴克突然间感到热血沸腾，【🏃成语：形象生动地描写出巴克在听到群狼的呼喊后的那种兴奋，现在它终于可以融入到狼群之中了。】于是它也坐了下来，对着月亮嚎叫起来。这些叫声汇集成一首交响乐，表达出对荒野的热恋和向往。

叫完之后，狼群围了过来，纷纷向巴克打招呼，这样巴克就成为它们当中的一员了。看到这些，老狼发出命令，整个狼群向树林跑去，那长长的叫声在丛林间回荡，巴克也尾随它们而去。

在这以后的几年里，当地的土著居民印第安人发现狼的品种有了变化，在它们的身上呈现出某种只有狗才有的特点。更让他们恐惧的是狼群中有一只大狼非常厉害，它拥有和人一样的智慧，很勇猛，就连最勇敢的猎人也无法靠近它。

那个桑顿曾经住过的山谷是他们万万不敢进去的，只要他们进去，就没有活着出来的机会了。当然这一切都是巴克所为。在它的心里，这个山谷是属于桑顿的，桑顿长眠在这里，任何人都不能去打扰他。当地人把这个山谷称作"死亡之谷"或者"鬼谷"。

有一条大狼每年的夏天都会来这里，它就是巴克。它在树林中的空地上坐上一会儿，来到一个深水池边，呆呆地望着，发出一声长嚎，然后会安静地离开。【🏠动作描写：通过对巴克"坐一会儿""呆呆地望着""发出一声长嚎"等动作的细致描写，生动细致地表现了巴克对主人桑顿的深切怀念之情。】因为桑顿是在夏天死的，所以夏天是桑顿的祭日，巴克会牢牢记得。

　　巴克并不孤独，每当冬季来临的时候，人们经常会看见它奔跑在狼群的最前面，高唱着一首歌，那首歌它记忆里曾经唱过，现在它是实实在在地唱着这首歌了。这首歌有一个响亮的名字叫"苍狼之歌"。

白 牙

美丽的诱惑

大地一片荒凉，看不到一丝的生机活力。这样寥廓惨淡的荒野，笼罩在阴沉沉的天空下，呈现出死一般的沉寂。这就是北国荒原。它骄傲地立于天地间，轻蔑地看着万物众生，用它独有的智慧——寒冷和荒凉，妄图扼杀所有生命。在它的面前，哪怕是一枚最为耐寒的针叶，也必须小心地收藏起生命的锋芒，在呼啸的北风中瑟瑟发抖。【🏠景物描写：通过对景物的全景式描述，形象逼真地再现了北国荒野的荒芜寒冷。】

但是，顽强的生命不会因为荒原的残暴而停止运动。尤其是人——人是最不安分的，是所有运动最终都将停止这一说法的叛逆者。

看，在那滴水成冰的雪地上，一支由六只狗和三个人组成的队伍正在结冰的河道上顽强地跋涉。狗都戴着皮套，全力地拉着一架雪橇。雪橇上面装着一个长方形木盒。它们张着嘴，呼哧呼哧地喘着气。温暖的气流刚从它们的嘴巴呼出，便立刻凝结成了一团霜雾，瞬间又落回到它们的皮毛上，变成亮晶晶的冰粒子。【📌动词："呼出""凝结""落回"等动词准确、生动地写出了呼出的气流变成小冰粒子的过程，表现了荒野的极度寒冷。】艰难地跋涉在雪橇最前面的是亨利。雪橇后面的那个是比尔，走得同样艰难。只有另外的一个人最舒适，他静静地躺在雪橇上的木盒里——他的苦难已经结束，荒原给予了他安宁。他再也不需要同荒原抗争了。

他们是在奔向麦克加利堡，那里是这口棺材中的人希望去的地方。亨利和比尔只是受雇于人进行护送。荒野是不喜欢热闹的，它对一切的运动都充满了仇恨，总是不惜一切代价去破坏运动。因此它不断对这支行进中的队伍进行骚扰。这让他们的旅程痛苦不堪，以至于没有多余的力气说话。但是这两个沉默的男人宿营时总会不由自主地谈论棺材中的这个有钱人。那真的是个有钱人——在荒原中，能有几个人能负担得起这样长途跋涉的葬礼呢？在自己死后，幻想着掩埋自己的石块能稍微多些，以避免狗和狼将自己重新刨出来，这就是多数人最大的愿望。其实谁都明白，如果棺材中的那个有钱人老老实实呆在自己的家乡，无疑会在安逸舒适的环境中生活，并且一直到寿终正寝。可他却偏偏来到了这死寂的荒原，以至于客死异乡，甚至遗体还不知道能不能回到家乡。这究竟是为了什么？光荣与梦想也许是唯一的答案。

夜深了，黝黑的荒原一片沉寂。在宿营的地方，篝火烧得正旺，亨利和比尔早就靠着火堆钻进毯子睡着了。突然，从远处的黑暗中传来一声让人胆战心惊的狼嚎，接着，相似的嚎叫就此起彼伏不绝于耳，再没有停歇。几只狗吓坏了，"嗖"的一声从自己的窝里跳起来，跑到火堆旁挤到一起，发出呜呜的哀鸣，似乎是在寻求人类和火堆的庇护。营地周围，锅底一样黑暗，<u>过了一会儿，一双双绿幽幽的眼睛不断地出现，鬼火一般，逐渐地将营地团团地包围。狗更加害怕了，蹿到人的腿边爬来爬去。</u>【🔎比喻：把狼的眼睛比喻成鬼火，逼真地写出了荒野饿狼在漆黑的夜晚让人感到非常恐怖。】

亨利和比尔也醒了。他们非常清楚自己的处境：自己被可恶的狼群跟踪了。这可不是闹着玩的，要是子弹不是仅有三颗而是三百颗的话，他们或许还有对付狼群的把握。更让他们担心的是，接连两天，都有一只狼混进来吃狗食，狗竟然不咬它，结果就是两只狗先后成了狼的盘中餐。

"再蠢也不会蠢到主动邀请狼来把自己撕成碎片呀！"亨利不断地琢磨

着。谁都明白，对狼的敌视，是狗与生俱来的情感。这里一定有不同寻常的事情发生。想到这里，亨利的眼光更加忧郁起来。

为了防止自己的狗继续跑到营地外自杀，比尔从暖和的毯子中爬出来，用印第安人的办法将剩下的四只狗栓了起来。这样，狗就没有办法咬断套在自己脖子上的皮带离开营地了。路程还很长，他们是不能没有狗的帮助的。比尔对自己的做法很得意，但是一看到周围黑暗中的眼睛，就变得闷闷不乐了。"你看，你看，那个可恶的家伙又来了。"比尔恨恨地说。

亨利没有说话，只是仔细地观察着火光边缘那些模模糊糊的影子。

突然，狗群里的独耳很急躁地叫起来。它努力地想挣脱拴住自己的绳子和棍子，疯狂地想冲到危险重重的黑暗中。很显然，独耳要做的，绝对不是要攻击，似乎那里有一种神秘的力量召唤着它。

一只野狼暴露了形迹，悄无声息地向营地凑过来。很明显它提防着人，却分明对拉雪橇的狗充满了关切。它只是一只饿得快要发疯的狼，却拥有一种诡秘的力量，【✗形容词：简单的形容词准确地传达出比尔和亨利心中的疑惑。】让营地中的狗为它疯狂。

在火光的照耀下，那只狼慢慢地露出了轮廓。它小心翼翼地走着。"那是一只母狼，"亨利低声愤愤不平地说，"我总算明白了，狗为什么不攻击这个混进来吃鱼的坏蛋，不攻击女人是这个种族神秘的法则呀！这个坏蛋却把自己当成了诱饵，引诱狗离开营地到外边，狼群就一起分而食之了。""可是，它为什么不怕火呢？"比尔疑惑地说。"它应该不是一只纯种的狼，而有狗的血统。印第安人就有这样的做法，他们为了获得更强壮的狗，就在狗交配的时节，把狗放到森林里，这样得到的狗要比纯种的狗更能适应荒野的生活。"亨利接着说，"或许它根本就是一只狗，所以才能从你的手中直接把鱼叼走。"比尔点头承认，"我也听过狗跟狼跑了的故事，离开了人类，狗也就成了狼。等我有机会一定要把它炖着吃了。"比尔愤愤地说。

第二天早晨，亨利和比尔起来做饭，发现他们的狗又少了一只。但不是独耳，而是斯潘克，这倒多少有点儿让人吃惊。可以想象得出来，昨天晚上拼命挣扎的独耳，咬不到自己的皮套，就咬断了斯潘克的。比尔对独耳骂骂咧咧，其实更恼恨自己的疏忽大意。

亨利倒是想得开，他笑着劝比尔说："那只母狼可真有魅力，骗得斯潘克为它献身，这就是爱情的力量吧。现在斯潘克再也没有什么烦恼了。"

"今天晚上不会再给它们这样的机会了，我要把它们栓得谁也够不到谁。"比尔仍然<u>耿耿于怀</u>。【✗成语：言简意赅地写出了比尔对因自己的疏忽大意而导致失去一条狗的后悔心情。】

吃过早饭他们继续赶路。没走出多远就发现了斯潘克的唯一遗物——拴斯潘克的棍子。

"它们把它吃得一点儿都没有剩，连拴在两头的皮带也吃掉了，真是饿疯了。"比尔说，"亨利，咱俩等着吧，说不定我们连一根棍子都留不下来。"

亨利满不在乎地大笑起来："我经历过更糟糕的场面，不是也过来了吗？就这几个畜生，还能把我们怎么着！"

虽是这么说，比尔心里还是惶恐不安。

这天和以往的日子没有什么区别。九点钟才天亮，下午三四点钟黑暗就开始降临。只有中午12点的时候，南边的地平线上被那看不见的太阳晒得暖烘烘的，让人充满了向往。其余的时间就只剩下灰暗阴冷。

在太阳快要出来的时候，比尔从雪橇里抽出了来复枪。他再也忍耐不住了，那些黑暗中的敌人简直让他抓狂。他要去侦察一下，这些可恶的家伙到底是什么样的。

"你最好不要离开雪橇，"亨利表示反对，"你知道，你只有三颗子弹，那是远远不够的。"

"我不会怕它们的。"比尔很神气地说。然后迈开大步消失在一片灰暗的雪地里。

大约过了一个小时，比尔抄近道，迎着雪橇回来了。带回来的消息让人沮丧。"那些畜生老奸巨猾。它们一面跟踪我们，一面去寻找别的猎物。"

"你是说它们认定我们就是它们嘴里的食物了？"亨利不屑地说。

"它们只是在等动手的机会，它们都快饿疯了。"

两个人都不再说话，继续赶路。又过了几分钟，后面的亨利轻轻地吹了一个口哨向前面的比尔示警。比尔不动声色地叫住了拉雪橇的狗，回头望去，一只毛茸茸的家伙鬼鬼祟祟地跟在他们后面不远的地方。看他们停下，它也停下，仰起头盯着他们。

"就是昨天晚上那只母狼。"比尔恨恨地说着，走到雪橇后面，和亨利凑到一起，审视着这个跟踪了他们好几天的家伙。就是它让他们损失了三四只狗。

它冷静地观察了一会儿，就又向前轻跳了几步，停下来，看看周围是不是有危险，然后再一次向前。这样几度反复，终于在离雪橇不足一百米的地方停下来，仰起头，揣摩着前面的两个人。那神态很奇特，眼神里流露出靠近人类的渴望，和狗一样，但是却没有狗那样的脉脉温情。冷酷无情的脸上凝结着像它锋利的牙齿一样的残忍，让人望而生畏。【神态描写：通过对脸上神情的描写，准确形象地写出了狼非同一般的特性。】

"估计有两尺半高，五尺长，"亨利冷静地说，"一看它那像搓衣板一样的身架，就知道是狼群里最大的一只。"

"颜色有点不一样，"比尔像是在自言自语，"灰色的毛色里微微透着红，若隐若现。到底是哪种红呢？"

"喂，亨利，它看起来像一只赫斯基狗呢，也许会冲你我摇尾巴呢。"

比尔挥挥拳头，想吓唬它一下。但它好像没有什么特别的反应，只是变得更加警觉了，冷冷地审视着眼前的人，仿佛在看着一块肥肉。

"亨利！"比尔脑子里突然有了一个大胆的想法，说："它已经吃了我们三只狗了，我们不能再丢了。这次一定要打死它。"一边说着，一边谨慎地去抽取雪橇上的枪。

亨利默默地点点头。可是还没有等比尔把枪扛上肩，母狼侧身一跳，就消失在旁边的树林里了。

"我应该想到这点的，"比尔不停地自责，"这东西既然知道趁狗吃食的时候来，就肯定知道枪的厉害。我得想办法伏击这可恶的家伙了，不能再让它祸害我们的狗了。不然我们往后就麻烦了。"比尔神情激动地说。

"你千万不要离开得太远，三颗子弹是不足以应付群狼的。你也知道，它们都已经饿疯了。"亨利郑重地提醒比尔。

当天夜里，他们提前宿营。毕竟，你不能指望三只狗完全胜任六只狗干的事情。很显然，它们已经很难坚持下去了。比尔把狗拴好，特意拉开了距离，那样就谁也咬不到谁的皮带了。狼却更加放肆，不断地逼近营地。不得已，他们只能一再地给火堆添木头，用火限制狼的逼近。

"它们都饿疯了，它们迟早要吃掉我们的。"比尔添完柴，往被窝里钻的时候说，"它们这样不紧不慢地跟踪我们，只是在保存体力，选择机会。"

"闭上你的嘴。"亨利生气地说，"你这样悲观，就等于你已经被狼吃掉了一半。明白我的意思吗？"

"可是……很明显，它们吃过比我们强壮得多的人。"比尔嘟哝道。

"不要啰嗦了，烦死了。"亨利大声说。他真的困得要死。但他也明白一点，明天该给比尔打打气了。【📖语言描写：生动准确地写出了两个人的不同心理：比尔灰心丧气，亨利意志坚定。】

当天夜里没有丢失狗，早晨起来的时候，他们的心情都比较轻松。尤其是比尔，似乎已经忘掉了前天夜里萦绕在脑海里的不祥之兆。但乐极生悲，中午时分，雪橇翻了个跟头，被夹在一棵树干和一块大石头中间。没有办法，他们只得卸下了狗。可就在他们齐心协力地搬雪橇时，亨利发现独耳正偷偷地离开他们。

亨利吃了一惊,大声的喊道:"嘿!独耳,快回来!"

可是,独耳好像没有听到主人的喊声,跑得更快了。再往后看,原来那只母狼正在不远的雪地上等着它呢。快要到母狼跟前时,独耳突然警惕地放慢了脚步,在原地徘徊着,不断地打量起母狼来。<u>母狼忸怩地向前走了两步,又矜持地停下来。</u>【🏠动作描写:准确生动地写出了母狼的狡猾。】独耳就忍不住向前走了两步,想闻闻母狼的鼻子。母狼害羞般地往后退,这样,独耳满心欢喜地一步步离开了主人的庇护。

比尔想起了他的枪,等他好不容易从翻了的雪橇底下把枪取出来,独耳和母狼已经凑到了一起,没有办法开枪了。

当独耳从鬼迷心窍中清醒过来,猛地回头朝主人奔来时,一切都太晚了,十几只瘦骨嶙峋的大灰狼从雪地里斜插过来,截断了它的回路。母狼忸怩的姿态瞬间全无,嚎叫一声,向独耳扑去。

"我再也忍受不下去了。"比尔大叫一声,"我不能再眼睁睁地看着独耳被它们吃掉。"他甩开亨利的手,提枪钻进雪道旁的树林里。他的想法很明显,就是要截住狼群。因为白天里,狼看到了枪,也许会害怕的。

"喂,比尔,"亨利在后面喊,"注意安全,别冒险。"他没有办法阻止比尔,只能坐在雪橇上,远远地望着他。

比尔看不见了,独耳还在矮树林间,以雪橇为圆心,时隐时现地奔跑着。它要想甩掉群狼的追击,回到主人和伙伴中间来,这简直是异想天开。【📌成语:简洁的成语说明独耳在群狼的追逐下想要逃回主人身边是一件不可能的事情,它的奔跑只是徒劳罢了。】三颗子弹,面对快饿疯了的群狼能起到什么作用呢?但亨利还是心存侥幸,希望比尔能安全地回来。

事情发生得这么快,这是亨利万万没有想到的。他先听到了一声枪响,又接连两声,紧接着就是一声狗的惨叫声和一阵狼嚎,然后就是死一般的沉寂。亨利在雪橇上坐了很久。他在幻想着比尔突然出现在他的眼前。但是他也明白，那是在自欺欺人。事情就像是发生在他的眼前，不用过去他也知道发生了什么。比尔怎么还会回来呢？一切都结束了。

最终，无精打采的亨利还是站了起来，看了看脚下浑身打颤的狗，重新把它们套在了雪橇上，自己也拉起一根绳子，队伍继续前进。

最后的较量

形势越来越恶劣。亨利变得更谨慎了，暮色刚一上来，他就赶紧准备过夜的东西，尤其准备了大量的木柴。他先喂饱了狗，自己才吃晚饭，然后就紧靠火堆躺下，可是他已经没有安心享受睡眠的福气了。还没有等他闭上眼，狼群就凑到了跟前，将他和火堆团团地围住。它们或站，或坐，还有的像狗一样蜷缩着，呼呼地睡大觉，简直是"目中无人"【✗成语：简洁的成语写出了狼根本不把人放在眼里，说明了亨利处境的危险。】。可是，亨利又有什么好的办法呢？

他唯一可以做的就是把火烧得更旺，只有火堆才可以让可恶的狼有所收敛。狗是不能指望了，它们紧紧地瑟缩在亨利的身旁。一旦狼靠得近一点儿，它们就狂叫起来，乞求主人的庇护，狼群就愈加兴奋起来，也跟着嗥叫一阵子。这样反复折腾了许久，才慢慢地安静下来，继续对峙着。

在这看似耐心的等候中，狡猾的狼群一点点地缩小着包围圈。它们时而这只向前蹭一蹭，时而那只向前挪一挪，【✗动词：准确生动地写出了狼在进攻时非常小心谨慎的态度。】这样不经意间，已将圈子缩得更紧。最后，几只胆大妄为的狼几乎一跳就能扑到亨利身上。当然，亨利会用手中燃烧的木头毫不犹豫地打在它们身上。

第二天早晨，被剥夺了睡眠的亨利满身疲惫，面色憔悴，但头脑却更清醒了。吃过早饭，狼群也退了。他赶紧用斧头砍了些树枝，在大树干上做了一个高高的架子，然后借助雪橇上的皮带，把棺材拉到架子顶上。"它们已经把比尔吃了，也许很快就会吃掉我，但我是不会允许它们吃掉你的。"亨利喃喃地说，"你就放心吧，小伙子。"【🏠语言描写：表明亨利的负责态

度，也表明了他对困难的清醒认识。】

安置好棺材，队伍又开始上路了。剩下的两只狗轻松地拉着雪橇，在雪地上急速地奔跑着。它们似乎也知道，早一天到达麦克加利堡，就早一天安全。狼群也变得更加明目张胆，它们耷拉着血红的舌头，紧紧地跟随着。那搓衣板似的两肋，不能不让人感叹它们生命的顽强。

中午，暖暖的阳光照耀着南边的地平线，淡淡的金色阳光洒在树梢上。可是阳光刚一消失，亨利就开始忙着宿营。他想在天色彻底黑下来之前尽量地多准备些木头。有火的地方，才有生的希望呀！

恐怖的氛围再次伴随着黑夜降临，迷漫在天地之间。

亨利已经没有躺下睡觉的奢望。他只是把毯子紧紧地裹在肩上，两腿间夹着砍柴用的斧头，偎在火堆旁进入了梦乡。红母狼趴在他眼前不远的地方，很镇静地注视着他，仿佛在看着一桌美餐，琢磨着怎么享用。当亨利醒来看它时，它竟然像狗一样伸了伸懒腰，长长地打了个哈欠。那神情，好像要告诉亨利："我不着急，你早晚都要变成我的盘中餐。"【▥动作描写：简单的动作描写表明此时的狼越来越不怕火，对吃掉亨利很有信心。】

亨利又往火堆里添了些劈柴，火焰腾空而起。映着火光，他突然发现自己的身体是如此地完美。这是他从来没有注意过的。他一遍遍地伸缩自己的手指，不停地变化着方式贪婪地欣赏着。娴熟、漂亮的动作给他心满意足的感觉。他偶尔也瞥一眼随时可能向他扑过来的狼群，当他意识到那完美的身体不过是饿狼追逐的一顿美餐时，就立刻变得茫然无措，"人类真的是这个世界的主宰么？"看那饿狼，虽然已经瘦得皮包骨头，可是面对人类，却看不出丝毫的疲惫。而人类自己呢？只能借助火堆来求得一时的安稳罢了。

他又一次从噩梦般的睡眠中惊醒，一眼就发现红母狼离自己更近了，只有不过五六尺的样子。它坐在那里，静静地审视着他，对他脚下的两只狗看都不看一眼。它张着嘴巴，不时地用舌头舔食着滴下来的唾液，一副津津有味的样子。

这时，恐惧突然向亨利袭来。他想抓起一根燃烧的木头，驱赶眼前的这只恶魔。可是刚一抓起，饿狼已经跳到了安全的地方，露出锋利的牙齿，恶狠狠地盯着他。他无奈地看了看自己手里的火棒，火棒还在燃烧着，小手指因为离火太近，敏捷地蜷缩了回来。这灵巧的动作让他再一次感受到生命的美好。

天终于亮了，亨利长出了一口气。可是明亮的阳光并没有如他想的那样驱走可恶的狼群，这样的事情从来没有发生过！他还是被紧紧地围困着。他刚放回肚子里的心又被重新提溜到嗓子眼儿。他尝试着离开火堆继续赶路，几次努力都被逼了回来，甚至有一次差点儿被咬着大腿。

火堆还在燃烧着，劈柴却越来越少。幸运的是，在他不远的地方有一棵干枯了的大树。他准备了六七堆燃烧的火堆，用了整整半天的功夫，才一步步地把火堆延伸到那里。现在他得到了自己需要的劈柴，避免了因火堆熄灭而被狼群分食的命运。

夜幕再度降临。狼群又精神抖擞地投入战斗，【✍成语：简短的成语表现了狼在夜里追击人时充满了活力。】它们耐心地看守着自己的食物，等待着机会来临。连续得不到睡眠的亨利开始挺不住了。他实在是太困了，狗的哀鸣已经不能再阻止他进入梦乡。有一回他猛地醒来，发现红母狼就在眼前不到一码的地方坐着。他不由自主地抓过一根燃烧的劈柴，毫不犹豫地捅进了狼嘴里。母狼嚎叫着跳开了，空气里立刻升腾起一股被烧焦的肉和皮毛的味道。亨利得意地笑了起来。

形势更加残酷，睡眠却像死神，牢牢地抓住他不肯松手。他只得在右手上系了一根燃烧的松枝，这样用不了几分钟，燃烧过来的火苗就会把他烤醒。这样，他才得以稍微地时断时续地休息一下。而每一次醒来，无一例外地都要用燃烧的火棒驱赶围上来的狼群，接着再往火堆里添些木头，最后重新在手上系一根松枝。

可是有一回没有绑好，刚一闭眼松枝就掉了，亨利进入了梦乡：一会儿像是在麦克加利堡，一个温暖舒适的房间里，和老板玩着纸牌；一会儿像是狼群包围了麦克加利堡，就是进不了门，堵在门口绝望地嗥叫，朋友都大声地嘲笑着这些可怜的家伙；又似乎是门被撞开了，狼群潮水般地涌入客厅，向他们冲来……亨利猛地醒了，狼群正在嚎叫。它们已经凑到他的跟前，一只咬住了他的手臂。"噌"的一下，他就跳到火堆圈里。另一只却趁机咬住他的大腿，撕开了一道长长的口子。战斗开始了，他用戴着厚厚手套的双手，捧起通红的炭火向狼群撒去。

狼群退去，两只狗却不见了。毫无疑问，它们两个已经成了狼群的盘中餐了。他也是伤痕累累：脸上烧起燎泡，眉毛和睫毛没有了。周围的雪地上，到处散落着火热的木炭，在雪地上吱吱地响着。不时有狼不小心踩上去，烫得拼命地嗥叫。

亨利一边忙着把冒烟的手套扔到雪地上，一边在雪地里不停地跳着冷却双脚。他心里明白，这场持续了好几天的宴席很快就要结束了，自己就是狼群最后的一道菜。

"我是不会轻易让你们得手的。"【🎞语言描写：表现亨利意志的坚强，虽然已经身处绝境，但仍然不肯放弃。】他一边向饿狼挥舞着拳头，一边大声喊。狼群骚乱了一阵子，就安静下来，母狼又跳到他跟前，眼里尽是贪婪。

亨利重新布置了营地。他用火围成了一个大的火圈，把毯子铺到里面的雪地上，自己蹲在火圈里。马上就要到嘴的美餐不见了，群狼很惊奇，但并没有散去，而是像狗一样围在周围，打个哈欠，伸伸懒腰。一会儿，在母狼的带领下，鼻子朝天，发出饥饿的嗥叫。亨利却在这嚎叫中，进入了梦乡。

黎明时分，营火渐渐地微弱了。劈柴没有了，亨利试图跨出火圈再拾一些，狼群却呼地站起来，低声地吼叫着，拦住了他的去路。他拼命想用火棒把它们打退，但已经无能无力了。对它们来说，火已经不再那么神秘了，饥饿才是它们目前最大的敌人。它们敏捷地往旁边一躲，却绝不后退。

他退回火圈，重新坐到毯子上，两肩前拢，双手抱腿，脑袋紧贴到膝盖上——他已经没有什么办法了。偶尔，他还会抬头来看看周围：火苗越来越弱，火圈的漏洞越来越多，漏洞也越来越大。哪里有吃不完的宴席？一切都该结束了！

"你们想什么时候吃就吃吧，"他嘟哝着，"我要好好地睡觉了。"

亨利没有能安稳地睡去，群狼也没有吃到这最后的一道菜。四架雪橇组成的队伍呼啸而来。人的呐喊声、雪橇的咕咚声、挽具的吱呀声，还有狗的狂吠声从天边而来，响彻云天。五六个人来到将要熄灭的火圈周围，火圈里凌乱的爪印诉说着他们来的是多么地及时。他们好不容易才把他叫醒。他却像喝醉酒似地看着他们，像是在梦里说话：

"红毛母狼……狗群吃狗食……引诱狗……吃狗……还吃比尔……"

来人心急火燎，冲着他的耳朵大喊："勋爵呢，艾尔弗雷德勋爵呢？"

"树上，他在树上。"

"在树上？"来人全是一头雾水。

"狼吃不到他的，箱子里，在树上。"

"别打搅我……让我睡觉……睡觉……睡……"

鼾声在寒冷的空气里荡漾开来。这次格外地响。【📖语言描写：说话的断断续续准确地表现了亨利极度疲惫的状态。】

血色浪漫

人的吆喝声和狗的狂吠声最先引起红母狼的警觉，于是它毫不犹豫地放弃了就要到嘴的美食，快速地逃走了。狼群还在迟疑，毕竟辛苦了好几天，猎物就在眼前。可是面对步步逼近的敌人，只得转身追红母狼去了。

率领狼群奔跑的是一只大灰狼，也就是这个狼群的首领。它是不能容许狼群里有其他的成员跑到自己前面的。当然，有一个可以例外，那就是红母狼。它总是在讨好它，像一个羞涩的少年面对心爱的姑娘，有的是耐心和宽容。和大灰狼有一样想法的还有几个。经常跑在红母狼右边的那只骨瘦如柴的老独眼狼，就是比较热烈的一个。面对身强力壮的首领，它丝毫没有退缩的意思。它也有它的资本：灰色皮毛下面伤痕累累，那就是胜利者的鲜花呀！如果不是大家都饿得难受，这对儿情敌早就开始决斗了。

红母狼却没有爱情来临时的快乐，它变得很不耐烦。面对两个追求者亲昵的行为，总是生气地大叫，甚至毫不客气地用锋利的牙齿将它们驱赶。

还有一个不知天高地厚的求爱者，就是那个三岁的小狼。它已经发育成熟。相对于另外两个，它的求爱显得勇敢而莽撞，莽撞得不仅情敌对它怒目相向，其他的狼也不喜欢它。即便如此，它对红母狼的热情丝毫不减，一次又一次地向母狼奉献自己虔诚的殷勤，却一次又一次地无功而返。

如果能填饱肚子，这场争夺爱情的战争早就开始了。可是饥饿正威胁着狼群，它们都瘦得皮包骨头。当务之急是要找到吃的，不然一切都完了。

它们在冰天雪地里日夜奔跑着，在没有生气的荒野里寻觅着生的希望。可是除了它们自己，世界一片死寂，这种情况一直延续到它们奔跑到一片沟渠纵横的平原。最先出现在狼群眼前的是一只高大的麋鹿。这是一只落单的麋鹿，周围也没有让它们恐惧的火堆的保护。狼群抓住机会，坚决果断地投入战斗。

麋鹿勇敢地反击着。它不断地用硕大的蹄子踏碎饿狼的头骨，或者用锋利的鹿角剖开它们的肚皮。可是在这群饿红了眼的狼群面前，注定所有的努力都是无用的。它们团团地围住了麋鹿，轮番地冲击着。终于，麋鹿轰然倒地，红母狼咬断了它的喉咙。其他的狼蜂拥而上，【✐动词：准确形象地写出了饿狼们一起扑上去摔倒麋鹿的情形。】凶狠地撕碎了它的身体。几个小时后，那只雄赳赳的麋鹿就只剩下几根白骨散落在地上。

漫长的饥荒终于过去了。在这个食物充足的地方，它们停留下来。虽然它们还是成群结队地捕杀猎物，可是为了爱情，这支曾经一起患难的队伍在一天天缩小，或是为了爱比翼齐飞，或是为了爱被迫孤独地离去。最后，狼群只剩下四只：红母狼、头狼、独眼狼和那只莽撞的三岁小狼。留下来的，还是为了爱情。

红母狼越来越焦躁不安，甚至变得暴烈，三个求爱者的身上都留下了它的牙痕。可是它们还是摇着尾巴、迈着碎步低声下气地安慰它，像极了一个温柔的男生遇到了一个野蛮的女友。

可是对母狼的温柔并没有妨碍他们之间施以尖牙利齿，为爱而进行的决斗不可避免地开始了。

年轻气盛的小狼首先发动进攻。它"噌"的一下蹿到了独眼狼的右侧，残忍地撕碎了它的耳朵。但它真地低估了老狼，它还不知道，老狼身上的伤痕不是弱小的体现，而是聪明才智的象征。面对气势汹汹的敌人，它没有丝毫的犹豫，斗志昂扬地投入战斗。

年轻的头狼镇静地站在一旁，快速地估量着眼前的利害关系：独眼老狼不足为惧；年轻力壮的小狼，未来发展无可限量，早晚会是自己的心头大患。于是，以"一对一"形式开始的战斗，转眼变成了"二对一"。三岁的

小狼霎时间腹背受敌，形势急转直下。

红母狼神态坦然地坐在场外，似乎在看一场于自己无关的表演。场地里，三只公狼鬃毛耸立，奔跑着，跳跃着，躲闪着，撕咬着。锋利的牙齿闪耀着寒光，痛苦的哀号回响在天地间。雪地上，鲜血星星点点，像是白布上绣的红色小花。鲜血和哀号，让它快乐不已。

三岁的小狼终于为自己的年轻付出了代价，在第一次爱的尝试中就丢掉了性命。尸体蜷缩在雪地里，汩汩的鲜血从喉咙里涌出来，融化了身旁的白雪，又瞬间凝固了。【🏛场景描写：生动地表现了为了爱情，公狼之间斗争的残酷景象。】两个曾经一起并肩狩猎的战友，一左一右，得意洋洋地注视着观战的母狼，似乎在炫耀着什么。可是狡猾的独眼狼并没有打算停止战斗，当年轻的头狼扭头舔舐伤口时，它知道自己的机会来了。它迅猛地蹿了过去，把锋利的牙齿深深地嵌入了头狼的脖子里，死命地一摆头。血"噗"的一声喷了出来。头狼一声惨叫，想要反击，但脚下一软，眼前一黑，无力地瘫在雪地上。

望了望雪地上一动不动的曾经的情敌，独眼狼志得意满地走向红母狼。这次，母狼没有龇牙，温柔得像个姑娘。【🔍比喻：用"姑娘"比喻"母狼"，写出了得到爱情的它愉悦的心情。】红母狼对着它的鼻子嗅嗅，羞涩地转身向林中跑去。

此后它们并肩而行，合力捕杀，共同分享，开始了相依为命的生活。它们横穿荒野来到麦肯兹河，然后沿河寻找生活，有时也跑到它的支流去捕食，但一定要回到大河边来。它们有时候也会遇到其他的狼，多是成双结对的，可是谁也没有要结伙的意思。倒是有几只单个的公狼，迫切地想加入它们两个的生活中，结果都是自讨没趣，灰溜溜地走开了。

一个月明星稀的晚上，它们映着雪光，在树林里奔跑。突然，独眼狼停住了，它嗅到了一种让它不安的气味，却不知道这种异样的气味到底意味着什么。而母狼轻轻地嗅了一下，马上就明白是怎么回事了。它领着独眼狼，迎着气味跑去。

它们来到了一个印第安人的营地，躲在一片树林里，倾听着营地里的声音：狗的争斗声，男人的呵斥声，女人的尖叫声，孩子的啼哭声。人类生活的气息让母狼兴奋不已。它贪婪地嗅来嗅去，脸上露出渴望的神情。独眼狼很不安，它不明白为什么妻子会对这里迷恋不已，它想离开，可是又没有办法。它们围着营地转悠，直到有一天早晨，一声清脆的枪声打破了林间的沉寂，子弹落在离独眼狼只有几英寸的树干上，它们才落荒而逃。

这段时间，母狼身体急速地发生着变化，脾气也越来越大，总是无缘无故地迁怒于独眼狼。对一些树洞岩缝之类的地方却非常感兴趣。它好像一直在寻找什么，却又找不到。终于有一天，母狼找到了自己想要的东西——一个干燥又暖和的洞穴。洞穴的位置很好，处在岸边的一块高地上。洞口很窄，只能爬着进去，里面是一个很宽敞的空洞。洞顶和它的头差不多高。母狼仔细地察看着，它对这个既干燥又暖和的洞穴非常满意，然后，它发出一声疲惫的叹息，蜷缩了身子，就头朝着洞口卧下了，并且再也不肯起来。

独眼狼耐心地守在洞口。四月的阳光暖洋洋地照耀在它的身上，它想睡觉，却睡不着。苏醒的大地在召唤着它，空气中弥漫着好闻的气息。它看看妻子，希望它能走出来，和它一起去感受春天的活力。可是妻子却舒适地躺在里面，无意走出洞口。

它决定离开妻子一会儿——它真的很饿了，它想妻子也是一样。回来的时候天已经黑了，它听到洞里传来一种奇怪的声音——很微弱，又似乎很耳熟——仿佛在哪里听到过似的。它感兴趣极了，小心谨慎地爬进洞里，它想知道到底发生了什么事情。母狼却冲它低声嗥叫，警告它不要过来。于是它就顺从地回到洞口，蜷缩着躺下睡觉。

第二天清晨，明媚的阳光再一次洒到独眼狼身上，也透射到洞里。洞里变得暧昧起来。它又忍不住琢磨那耳熟的声音。借着熹微的光线，这次它终于弄明白了，洞里多了五个奇怪的小生命，单薄，软弱，正依偎在妈妈的怀里。在漫长的生命历程中，它不是第一次遇到这种事情，但每次都给它同样的新奇感。母狼焦虑地望着它，【❑动词：语言简洁，形象地写出了母狼对小狼的担心，体现了妈妈对孩子的爱。】眼里满是不信任的神情。作为妈妈，祖先遗传给它一个家族的记忆：公狼会吃新生小狼的。母爱使它不能容忍公狼靠近自己的孩子。其实它的担心完全多余，祖先也同样给公狼一个记忆：服从母狼，不要靠近狼崽。于是它离开了，跑到林中觅食。它要扮演好一个丈夫和一个父亲的角色。

距洞五六英里，小河垂直地分成两股。它沿着右边的支流向前走，发现了一只豪猪。豪猪缩成一团，像个刺球一样，这是哪个入侵者都不敢忽视的。独眼狼虽然以前没有见过豪猪，但见过类似的家伙，还被那家伙狠狠地刺了鼻子，火辣辣地疼了好久。这个记忆深深地印到了它的脑海里，它不敢大意，小心翼翼地靠近豪猪，耐心地等待机会的来临。结果白白浪费了半个多小时，豪猪并没有松开身子的意思。它愤愤地放弃了，沿着小河继续寻觅，直到下午才抓到一只松鸡。鲜香脆嫩的松鸡没有让它忘记自己的使命，它急忙叼着松鸡往家跑。

在回来的路上，它又碰到了早上遇到的那只豪猪，只是豪猪的旁边多了一只雌性大山猫。山猫像它早晨一样，趴在那里。独眼狼急忙躲到石后，透过林间的缝隙观看这场以生命为代价的游戏。最终豪猪忍耐不住了，以为敌人已经走开，就小心谨慎地展开了自己的盔甲。机会就在眼前，大山猫快如闪电，用它的爪子勾住了豪猪的嫩肚皮。几乎在同时，豪猪也发现了山猫，反击伴随袭击开始了。它的尾巴一甩，重重地打在山猫的爪子上。山猫发出痛苦的哭嚎。它愤怒了，不顾一切地扑向呻吟着的豪猪。豪猪这次将针刺扎满了山猫的鼻子。山猫打着喷嚏，长嗥一声逃跑了。

一直等到山猫的哀嚎声消失在远处的树林里，独眼狼才小心地来到豪猪面前。豪猪伤得太重了，差一点被撕扯成两半，鲜血仍然汩汩地流着。它三番五次地向独眼狼发出威胁的尖叫，可是这又有什么用呢？它面对的是老谋深算的独眼狼呀！独眼狼很有耐心，它甚至卧到雪地上，一直等到豪猪全身上下的尖刺都松懈下来，才快速地吃了松鸡，叼着豪猪回到了洞穴。它已经完全担负起了一个合格父亲的责任。

荒野的骄子

从一出生，灰崽就表现出和兄弟姐妹不一样的特征。它的毛色是纯灰的，是这窝狼崽中唯一随它父亲的，它更具有独眼狼的血统！只有一点不同，它有两只眼睛，独眼狼只有一只。但是最大的不一样于它是它们几个中最凶猛的一个：沙哑的嗓子叫得最响；最先学会用灵巧的爪子攻击别的小狼；第一个会用爪子撕扯其他小狼的耳朵。它还是给妈妈带来最多麻烦的一个。

它快速地认识着这个世界。还没有睁开眼睛时，它就利用味觉和嗅觉感知周围的事情：和小狼崽们玩耍，体味妈妈的爱抚。出生一个月内，日子就这样度过。睁开眼睛后，醒着的时候越来越多。它们更多地用眼睛去发现世界。它生活的洞穴很狭小，但它并不感觉到压抑，因为它还不知道外面的世界多么精彩。即使这样，它还是早早地发现，它生活的世界里有一面很奇特的墙，那就是光线进来的地方，那个地方对它产生了难以抵御的诱惑力。它渴望向那个地方移动，就像植物向着阳光一样，【🔍比喻：形象地表现了灰崽在长大的过程中对外面世界的渴望之情。】但又总是被妈妈拉回来。在这过程中，它了解到，妈妈除了它那温柔的舌头以外，还会对它生气地训斥，甚至挥动灵巧的爪子把它打翻在地。这样，它明白了什么是疼痛，也学会了如何躲避挨打。但是，身体里蓬勃生长的生命又在不停地召唤着它向洞口爬去。

有一段时间它对光墙不感兴趣了，因为饥荒来临了。不仅没有了肉食，妈妈的奶汁也喝不到了。小家伙们不断地睡觉，在睡梦中昏迷。这回它们安静了，没有了吵嚷，也不再向那神奇的洞口爬了。它们只是睡，生命的火焰也在睡梦中慢慢变得微弱。

作为父亲的独眼狼心急如焚。它不停地在荒野里穿梭，很少回到窝里休息。它甚至不惜冒着被枪打中的危险，到印第安人营地的周围偷那被绳索套住的雪兔。可是后来，河里冰雪融化了，印第安人搬走了，也就没有兔子可以偷取了。在这样苦难的日子里，母狼也不得不离开孩子，到野地里觅食。

当灰崽重新对那面光墙感兴趣时，它的世界里已经没有了玩伴，五个狼崽就剩下它自己了。它只得自己玩耍，并把自己吃得胖胖的。这是第一次灾荒给它的记忆。后来又发生了一次，幸运的是这次不很严重。但有一天，在灾难快结束的时候，灰崽发现父亲从那面墙里出去后，就再也没有看见它进来。

红母狼心里明白独眼狼一去不返的原因，但不愿让灰崽知道到底发生了什么。那天，它沿着小河支流去觅食，这也是独眼狼觅食的路线。在路的尽头，母狼找到了它，确切地说是找到了它的尸骸。周围留下的痕迹表明，那里曾经发生过惨烈的战斗。顺着大山猫留下的足迹，母狼还找到了大山猫的巢穴，它没有莽撞地往里闯。

从那时起，母狼就不再去左边的小河觅食了。它明白，它自己很难单独对付大山猫这个凶恶的家伙，更何况，大山猫还是一只有一窝嗷嗷待哺的孩子的妈妈。母爱会让它勇猛百倍。

妈妈现在不能经常陪伴着灰崽了。为了孩子，它要经常出去觅食。灰崽反而不敢贸然爬向洞口了，这是妈妈屡次用它的爪子和嘴巴强制它接受的法则。另外，它远祖继承下来的本能让它知道了恐惧。但生命的成长，不断地激励着它走向光明。终于有一天，它伸着嫩嫩的小鼻子，试探着向外伸去。它惊喜地发现，这是像光一样可以穿透的墙呀。激动一下子充溢了它的全身。

它摇摇晃晃地继续向前。心里奇怪极了，自己竟然可以躺到墙壁里！眼前也越来越明亮。它害怕了，但灵魂的深处似乎总有个声音在提醒着它，"不要停，不要停……"【**心理描写：生动地表现出灰崽对外面未知世界的好奇。**】就这样，它一直来到了洞口。光明一下子笼罩了它的全身，它顿时感到眼花缭乱，恐惧地闭上了眼睛。可是好奇心召唤着它，它又慢慢地睁

开了眼，小心地打量着这样神奇的世界：融化的小河在静静地流淌着，清清的河水在阳光的照耀下波光粼粼；河边的树葱绿茂盛；树梢后面是一带朦胧的远山，映衬在空旷辽远的蓝天下。

灰崽看得入迷，成长的快乐战胜了对陌生世界的恐惧，它再也不满足洞口这狭小的地方，它大着胆子继续向前探寻着。这次很不幸运，遇到的是一个斜坡，它一下子摔了个倒栽葱，鼻子撞到了坚硬的泥土上，它沿着斜坡滚了下去。恐惧抓住了它的心，它害怕极了，禁不住哭了起来，不知道这个陌生的世界要把它带到哪里去。

小山坡越往下越平坦，坡底爬满了柔软的野草。最终，灰崽在草丛中停住了，好久才挣扎着爬起来。它止住了哀号，好奇地环顾着这个陌生的世界。

这时，一只小松鼠迎面跑来，差一点撞到它的怀里。灰崽吓得"嗷"的一声，忙后退了一步。小松鼠也吓了一大跳，"嗖"的一声爬到树上，冲树下的灰崽吱吱地叫着。这倒让灰崽安静了下来，重新满怀信心地往前走。

它开始慢慢地琢磨着这个世界，并且懵懵懂懂地对观察到的事物进行着模糊的分类：周围的东西是不一样的，那些到处乱跑的东西，要时刻提防，尤其是那些体型比自己大的——谁能知道它们会做出什么意想不到的事情来呢？而对于另一类，虽然它们总是在一个地方不动，不会主动地攻击自己，但要是不注意，也会让自己摔一个跟头。它就这样快速地适应着。

作为一个无知的探险者，灰崽无疑是幸运的。第一次闯世界就在洞口不远的地方碰到了自己喜欢的食物。当时它正在一根横躺着的松树干上走着，不小心踩掉了脚下腐烂的树皮，它尖叫着滑落到矮树丛中。没有想那里隐藏着一个雷鸟窝，吱吱叫的小雷鸟只是让它稍微犹豫了一下，然后它就大胆地伸出了小爪子抓住一只。柔柔的，暖暖的，这让它感觉到有意思极了。它放到鼻子下边嗅嗅，然后叼到嘴里，不自觉地就咬紧了牙关。热乎乎的鲜血流到嘴里，味道太美妙了，甚至比妈妈喂它的肉还要好吃。就这样，它一口气吃光了七只小雷鸟，心满意足地钻出了树丛。

它刚从树丛中露出头就碰到了愤怒的大雷鸟，大雷鸟风似的朝它扑打过来，刚健有力的翅膀抽得它睁不开眼。它懵了，不知道这个大鸟为什么要打它，忍不住哀号起来。但它慢慢地感觉到，这和自己刚才吃掉的小雷鸟有关系。于是，它不再害怕。猎取肉食的本能鼓励着它，它要证明自己生存的意义。因此，灰崽不顾一切地投入了战斗，用尖利的小牙死死地咬住了雷鸟的一只翅膀，拼命地往后拖。这是它第一次参加战斗，它兴奋极了，兴奋得感到了无限的幸福。雷鸟不停地叫着，羽毛雪片似的纷纷飘落。这让灰崽更加热血沸腾。

过了一会儿，雷鸟累了，停止了挣扎，转而恶狠狠地用尖嘴啄它的鼻子。灰崽一边呜呜地叫着，一边往后退缩，想避开尖嘴的攻击。可是它还咬着雷鸟的翅膀，怎么也躲不开。雷鸟雨点般地啄到它软软的鼻子上，钻心的疼痛让它无心恋战，它狼狈地逃到树丛边上，躺下来休息，伸长了舌头，呼哧呼哧地喘着气。突然，它感觉到头顶上有一个巨大的阴影扑来，它本能地躲进树丛。随着一阵狂风刮过，一只大鸟从天而降，掠过它的头顶，飞走了。【 动词："刮""掠""飞走"准确地写出老鹰捕食的动作凌厉、迅速的特点和非凡气势。】

那是一只觅食的老鹰，差一点就抓住它。灰崽惊魂未定，躲在树丛里偷偷地观察外边的动静。只见那老鹰在空中一个盘旋，从天空再度俯冲下来，锋利的爪子牢牢地抓住了那只受伤的雷鸟，腾空而起，冲向了碧霄。伴着雷鸟痛苦的哀号声，老鹰消失在天际里。过了很久，惊魂甫定的小灰崽才从树林里出来。

它沿着河岸走向水边。它还从来没有见过水，看着平稳的水面就勇敢地踏上去。冰冷的水猛地灌进了它的嘴巴，随呼吸进入肺里。它觉得自己快要憋死了，虽然还不知道什么是死，但却有对死恐惧的本能。它觉得世界上最痛苦的事情莫过于此了。恐惧再一次牢牢地抓住了它，它茫然不知所措，胡乱地蹬着腿。

在水里挣扎了一会儿，它浮到了水面，长长地换了一口气。清新的空气瞬间就涌了进来，还甜滋滋的。这次它没有再沉下去，而是自然地就伸开四肢划水，好像熟悉这个动作已经很久了。身后离岸很近，它却只看到对面的河岸，于是向前游去，一会儿就到了河的中央。水流湍急起来，推着它一次次地撞到水里的石头上，每一次都让它发出痛苦的嗥叫声。在下游的一个浅滩，它被一个漩涡送到岸边，轻轻地留在一片碎石上。它赶紧逃离了水面。从那时起，它对世界有了新的认识：绝不要被事物的表面现象所迷惑。这个认识让它对世界越来越不信任，总是抱着怀疑的态度。

　　暮色从树林间升起来，慢慢地笼罩了荒野。灰崽累了，困了，开始思念妈妈。突然感觉到在世界上所有的事物中，妈妈才是它最需要的。于是它转身往回走，寻找洞穴和妈妈。

　　它正在林间走着，遇到了一只仅几寸长的小黄鼠狼。小黄鼠狼刚想逃跑，被它一下子拨拉在地，发出一声刺耳的怪叫声。母黄鼠狼闻讯赶来，照着它的脖子就是一口。小狼崽惨叫着往后退缩，黄鼠狼母子乘机消失在灌木丛中。它坐在原地呻吟，却不知道，单就身材和体重而言，荒野中的所有杀手中，黄鼠狼是最具报复心的家伙。它要是知道这个事实，一定会逃得远远的。

　　果不其然，不久，母黄鼠狼就回来了。<u>它昂着尖尖的头，发出刺耳的威胁声，身体贴在地上，像蛇一样地向小狼逼近。</u>【●比喻：把黄鼠狼比喻成蛇，形象地写出了黄鼠狼的体型特点和走路的样子。】小灰崽听得毛骨悚然，也禁不住嗥叫了一声，想吓唬吓唬它。可是黄鼠狼毫不理会，仍旧步步进逼。忽然，它纵身一蹿，瘦长的身体不见了——它咬住了小狼的喉咙。这个狡猾的家伙想咬断小狼颈上的大动脉吸血，这是它最喜欢的猎敌方式。小灰崽大声叫唤着，渐渐地变成了呻吟。

　　<u>千钧一发</u>的时刻，【★成语：生动地表现了小狼崽此时的处境非常险。】母狼及时赶来了。黄鼠狼放开小狼，闪电般扑向母狼。它还想重复刚才的做法，却没有得逞，而是咬到了母狼的下巴。母狼猛地一甩头，就把它高高地抛到空中，还没等落地，一口咬住了它瘦长的身体，结束了它的性

命。母子分食了敌人的肉，就回洞休息了。

小灰崽恢复得很快，它在洞穴里只待了两天就又开始了自己的探险之旅。这次又碰巧遇到了那只小黄鼠狼，于是毫不犹豫地吃掉了它。

从此，它每天都出去，活动范围也越来越大。它开始认真地反思自己，谨慎地对待自己的优点和缺点。它的身体也越来越强健，行动非常像它的妈妈——腿脚轻快，动作敏捷，而且神出鬼没。

可是，又一次饥荒降临了。母狼为了寻找食物，很少回洞里休息，但捕到的猎物还是很少。奶水也没有了，小狼崽面临挨饿的境地。它以前也捕获过一些食物，但那只是游戏的结果。现在全身心地去寻找食物，却什么也抓不到了。虽然如此，灰崽变得聪明自信了，也变得无所畏惧。它不断地琢磨猎捕的经验，研究其他动物的生活习惯，也不断地进行猎捕的尝试。这些都让它快速地成长。

那天，妈妈带回来的食物有点奇特：体型有点儿像小狼崽，只是要小些。那是一只半大的山猫崽子。这次全归它自己享用，妈妈只是在一旁爱怜地看着，因为它在外边已经吃饱了，吃的是同一窝的山猫崽子。为了孩子，它冒着生命危险，扫荡了山猫的幼崽。这是小灰崽所不知道的，它只知道这毛茸茸的小家伙很好吃。

吃饱了的灰崽幸福地依偎在妈妈的身边甜甜地睡着了。不知道过了多长时间，它被妈妈一声凄厉的长嗥惊醒了。它从来都没有听过妈妈这样嗥叫过，以后也没有。它借着午后的阳光，看见一只凶恶的山猫朝洞口走来，它是复仇来了。灰崽本能地站起来，紧紧地靠着妈妈，冲山猫勇敢地嗥叫一声。母狼毫不犹豫地把它拨拉到身后。洞口很狭窄，体型庞大的山猫不能一下冲进来。它只能趴下，想爬进来。母狼立刻跳上去，把它死死地摁在地上。小灰崽看不清楚厮打的情形，只听见凄厉的叫声，还有爪子抓地时刺耳的摩擦声。

小灰崽勇敢地冲上去，一口咬住了大山猫的后腿，妈妈因此少受了不少伤害。后来形势发生了变化，它被压到下面，只得松了口。大山猫抓住机会，用它那尖利的爪子抓住了小狼的肩膀，狠狠地横摔到墙壁上。小狼崽凄厉的哀号声更加重了战斗的残酷氛围。

这场战斗进行了很长时间，快要结束时，小狼重新鼓起勇气，加入了斗争的行列。

大山猫死了，母狼也差一点丢了性命，因为失血过多，身体极度虚弱。它躺在敌人的尸体旁，一动也不动，整整一天一夜。一个星期后，大山猫被吃得一点也没剩，它的伤也好了，又可以重新飞驰在荒野上猎捕食物了。

灰崽肩膀上的伤口还在疼，但它已经不在意了。经历了这次战斗，它的世界已经变了。残酷的生活让它明白了，勇敢的战斗才是存活下来的最有效的方式。它开始和妈妈一起去猎食，参加了无数次的追杀，也被无数次地追杀过。它模糊地总结出一个生存的法则：吃掉敌人，或者被敌人吃掉。当然，狼的世界里是不会有这样准确的词语来表达的，但却实实在在地按着这样的法则生活着。

再续情缘

灰崽就是一只狼，虽然血管里奔腾着四分之一狗的血脉。它遵循着荒野的法则，在广袤的世界里，为了生活，追逐，或者被追逐，紧张地战斗着。它变得勇敢而坚强。当然有时候吃饱了，也会懒洋洋地睡在阳光下，很轻松，很满意。直到有一天……

那天，小狼离开洞穴去河边喝水，遇见了一件奇怪的事。

其实那天和往常没有什么不一样，它经过那棵枯松，穿过那片空地，进入那片树林。这时，它嗅到一丝异常的气味，再一看，五个从来没有见过的活物就坐在它眼前不远的地方。奇怪的是，他们并没有站起来，也没有威胁性地吼叫，像它经历的其他对手一样。这让小狼崽感到了一股不祥的气息。

他们是一群印第安人，正盘腿坐在河边，默默地注视着小灰崽。作为一只狼，面对此情此景，它应该本能地逃之夭夭。可是它没有，它现在就是一只小狼崽，还没有太多的经验。祖先遗留给它的能力——对人类的恐惧与尊敬——正在心底升起，并牢牢地抓住了它的心。一种莫名的恐惧迅速地笼罩了全身，生命像是被一种巨大的能量所主宰，它瘫倒在地上。

这时，其中的一个来到它的身边，弯下腰，伸手想抓住它。它毛骨悚然，露出了雪白的牙齿。它想吼，却吼不出来，人身上那种陌生的能量让它感到无形的压力。那人的手却停住了，回头笑着对同伴说："快看，多白的牙齿呀！还知道害怕呢。"同伴哈哈大笑，催促他赶紧抓起小狼崽。于是，那人的手又伸了过来，愈来愈近，压力也愈来愈明显。屈服还是反抗？它在激烈地斗争着。最终它还是选择了妥协，呆呆地看着那只手压了下来。也就在那只手要触摸着它的那一刻，出于斗争的本能，它一口咬住了那人的手。

几乎同时，它的头上结结实实地挨了一棒，它直挺挺地躺到了地上。它屈服了，坐在地上呻吟。但愤怒的人并没有就此放过它，又一棒重重地落到它脑袋的另一侧。它痛苦地嗥叫起来。

那些人笑得更厉害了，都围了过来。笑声不断地撞击着耳鼓，让它更感到绝望和恐惧。

这时，一个熟悉的声音从远处传来。它微微地愣了下，马上兴奋起来，接着发出一声长嗥。嗥叫声中充溢着喜悦。它知道，自己伟大强悍的妈妈就要来救自己了。人也站住了，侧着耳朵倾听着。瞬间，母狼冲了过来，用身体护住了孩子。母狼面对着那几个人，鬃毛耸立，发出一阵低沉的咆哮，脸上充满了浓浓的杀气。【🔍动词："冲""护住""耸立""咆哮"等动词的运用，生动准确地表现了母狼对孩子的关爱。】灰崽躲在妈妈身后，快乐地叫了起来。

就在这时，其中的一个人惊奇地叫起来："杰西。"

小灰崽吃惊地发现，刚才还是怒火中烧、满脸敌意的妈妈竟然软了下去。松弛了脊背上的毛，收回了锋利的牙齿。

"杰西。"那个人又喊了一声，声音里满是严厉。

它惊呆了。刚才还是无所畏惧的妈妈竟然慢慢地伏下身子，肚皮贴着地趴下了，尾巴不停地摇来摇去，温顺，谦卑！那个喊它的人走上去，摸了摸它的头。它也没有吓唬他，咬他，甚至还将头贴到了那人身上。【🔍动词："伏""贴""摇来摇去"等动词的运用，表现母狼见到主人时的驯服样子。】灰崽迷惑了："这到底是怎么了？"

"杰西的妈妈是狗。"那个人解释道，"它的父亲肯定是狼。你们还记得吗，那年春天，我哥哥将它的妈妈牵到树林里，拴了三天三夜。"

"灰海獭，你还能指望跑了一年的它重新做一只狗吗？"另一个说。

"这个还有疑问吗？"那个被叫做灰海獭的人回答道："你知道，灾荒的时候，我们哪里有肉给它吃呀。就只能靠它自己了。"

"它一定和狼群生活在一起。"第三个说。

"是的。"灰海獭说，把手放到小灰崽身上，"这就是最好的证据。"

它惊恐地耸起毛，不由自主地叫了一声。灰海獭毫不客气地就抽了它一巴掌。它就赶紧收回白牙，顺从地趴下。那只手又伸了过来，在它身上轻轻地抚摸起来。

"很清楚，这个小家伙的妈妈是杰西，父亲肯定是狼。它的狼性要比狗性大多了。它的牙齿这么白，就叫它'白牙'吧。"灰海獭接着说，"它是杰西的孩子，杰西是我哥哥的狗。既然我哥哥不在了，它理所当然是我的狗了。"

从此，小灰崽有了全新的生活，不再在荒野里自由奔驰掠食，而是更多地等待主人的喂养。就像它不再是小灰崽，而是白牙一样。那个叫小灰崽的狼消失了，取而代之的是一只叫白牙的狗，尽管是一只狼性比狗性多得多的狗。

灰海獭到树林里砍了一根树枝，并在树枝的两端分别刻了一个凹槽，槽里各系了根皮条。然后把一根皮条套在杰西的脖子上，另一根拴到一棵小松树上。白牙跟了过去，卧倒在妈妈身边。它现在离不开妈妈。

不久，嘈杂声从远处传来，而且越来越近。它现在知道了，那是人的声音。接着，一支长长的队伍出现在白牙的眼前：男人，女人，和孩子。他们都背着沉重的扎营用的行李。队伍中还有许多狗。大狗身上也驮着沉重的行装，只有小狗在到处乱跑。

白牙还从来没有见过狗呢，但是一见面就有一种很亲切的感觉。其实它们原本就是一家，只是现在有点疏远了。可是那些狗却不那么友好，它们一下子就冲了上来。白牙害怕了，大声地嗥叫起来。于是狗群涌了上来，把它踩到了脚下，乱咬起来。刺骨的疼痛并没有让它退缩，它用锋利的爪牙，勇敢地反抗着。

这场骚乱只持续了几秒，是主人的出手，才给了它重新站起来的机会。人类为了把它从狗的利齿下拯救出来，用棍棒和石头驱赶了它们。这给了它很深的印象。它慢慢地明白，那些人类是主持正义的，而且有着无穷的威力，既可以给予保护，也可以施以惩罚。这让它充满了敬畏。

混乱的场面安静下来。白牙一边小心地舔舐着伤口，一边回忆刚才的情景，心里很不是滋味："明明都是同类，为什么要欺负我呢？"【心理描写：表现出白牙第一次被狗攻击时，内心非常疑惑的情形。】让它不是滋味的还不止这个，妈妈被绑在棍子上，虽然那是它敬畏的人绑的，但还是让它同样感到很难受。妈妈被限制在那么小的范围里，它也就被限制在那个范围里，因为它不能离开妈妈。它不喜欢这样，可是又有什么办法呢？

印第安人稍事休息就上路了。一个小个子牵着杰西就走，白牙在后面跟着，不知道接下来将要发生什么。

他们沿着河谷向前，一直走到它的尽头，才开始安营扎寨。独木舟被挂上高高的木架，晒渔网也有了地方。在那里，河水汇入了麦肯齐河。白牙好奇地看着他们，越来越感到人类不可思议。能管束那群欺负它的狗，就证明他们有力量了，竟然还能让那些不会活动的东西动起来，这真让它顶礼膜拜了。

对它影响最深的是印第安人的帐篷。当框架立起来的时候，它还不是特别吃惊，毕竟这是那些能把棍子石头扔很远的人做的。可是一旦蒙上了帆布皮子，变成圆锥样的帐篷时，白牙惊呆了。巨大的帐篷耸立在它的周围，将它团团地围住，像是不祥的阴影笼罩着它。尤其是当风刮起来时，摇摇晃晃的帐篷像个凶猛的怪兽，【比喻：把帐篷比喻成怪兽，形象地写出了白牙面对帐篷时的恐惧心理。】让它感到恐惧。它眼睛紧紧地盯着，唯恐那个东西会倒到它身上。

还好，这样惊恐的日子不是很长。它仔细地观察着高耸的帐篷，心里并没有停止琢磨。它发现经常进进出出的女人和孩子都很平安，没有什么不好的事情。它还发现狗也往里面钻，不过经常被人轰赶出来。它感到惊奇，也小心翼翼地接近帐篷。它先用鼻子闻闻，又用牙齿咬住轻轻地扯了扯，帐篷轻微地颤抖了一下。于是它加大了力气，帐篷晃荡起来，【动词："闻""扯""颤抖""晃荡"等动词的运用，准确地写出了白牙非常好奇，又非常小心的样子。】里面的一个女人大喊一声，它吓得跑回了妈妈身边。

从此，它对帐篷的恐惧消失了。

杰西被拴在木桩上，没有行动的自由。但白牙已经不愿陪在妈妈身边了。它开始在营地里四处游荡。它遇到一只和自己差不多大的狗，略微比白牙大一点，带着一副好斗的神情，向它逼过来。这个家伙叫唇唇，一只很好斗的狗。

看着和自己差不多的唇唇，白牙并没有感觉到危险，它希望它们能成为朋友。可是当发现它那不友好的神情时，白牙也警惕起来，露出了锋利的牙齿。

它们试探性地叫着，相持了几分钟。白牙感觉像是做游戏，很有趣，就松懈下来。就在这时，唇唇闪电般地扑了过来，在它身上扯开了一道长长的口子。白牙惨嗥一声，疯狂地向唇唇扑去。它们撕咬起来。在狗群里，好斗的它有着丰富的与同类战斗的经验，这点是白牙所没有的，它同许多动物战斗，但毕竟是为了猎食，和单纯的战斗还是不一样的。于是，它狼狈地跑回妈妈的身边，寻求保护。这只是一次不成功的会面，从此，二者成了冤家。

杰西伸出舌头舔着它，希望它不要离开。可是它又怎么能抵御得了自己的好奇心呢？它又出去了。

这次碰上了主人灰海獭。他正蹲在地上，摆弄着眼前的一些树枝和干苔藓。白牙不知道他要做什么。好奇心又使它凑了过去。这时又有女人和孩子抱来了一些木棍和树枝。"他们一定在做一件重要的事情。"白牙心里想，就靠得更近了。

忽然，一股雾状的东西从苔藓中升起来，接着是一个似乎活的东西，弯弯曲曲地动，像天上太阳的颜色。白牙不知道这就是火，它被这温暖光亮的东西吸引住了，不由得把鼻子凑了上去，又伸出了舌头。这是它在认识世界的过程中最常用的方式。

霎时，躲在苔藓树枝后面的那个莫名的东西狠狠地抓住了白牙的鼻子，灼热的刺痛传遍了全身，它嗷嗷地叫起来。叫声惊动了杰西，它跃起来，嗷嗷地嗥叫着。灰海獭笑着，忙着跟周围的人解释刚才有趣的事情。周围人也哈哈大笑起来。在人们的笑声中，它感到前所未有的孤立无援。

白牙依旧坐在地上，疼痛让它不断地呻吟，呻吟声引得周围人笑得更厉害了。它慢慢明白了人们为什么笑了，它感到了羞辱，转身跑开了。笑声深深地刺痛了它，它回到了妈妈的身边。它知道，杰西是不会笑话它的，永远不会。

黑夜笼罩了荒原，它静静地躺在妈妈的身边。它想家了，想回到河边那个洞穴里，那里没有嘈杂，没有嘲笑，那里有它想要的恬静和幸福。它讨厌现在这种喧嚣的样子。到处都是人，男的，女的，老的，小的，一天到晚地吵吵闹闹。还有那些可恶的狗，也让它得不到一丝的安宁。

这并没有影响它对人的敬意。它审视着来来往往的人，脸上布满了敬畏之情。他们是奇迹的创造者，掌控着整个广袤的荒野。

成长的烦恼

在那段日子里，白牙整天在印第安人的营地里转悠，像是漫无目的，其实，心里不停地琢磨着人的生活方式。越是了解，越是敬畏，越是感觉他们像神充满了无穷的神秘力量。它必须对他们表示绝对的忠诚，就像它的妈妈一样，一听到他们叫自己的名字就趴下了，以此来表示对他们的服从。它明白了一个事实：它和那些狗都是他们的财产，由他们任意处置，而它们只有忍耐。但这不是一天能做到的事情。那条清清的小河总是在梦中召唤着它。毕竟，它是从荒野走来的，像风一样在原野上奔驰，那才是它的天性。【❀ 比喻：用"风"来比喻奔跑的狼，说明狼在荒野上奔跑的速度非常快。】现在的生活虽然有违天性，但是又并非完全不好，至少它现在不用为食物发愁了。只要自己认真地完成任务，人类就会把食物送到眼前。

白牙对营寨的生活越来越熟悉。它明白了老狗们都很蛮横贪婪，人类也不一样：男人比女人公平，女人比小孩儿善良。它还明白了，不是放弃了自由就可以过上无忧无虑的生活，为了填饱肚子，它必须要点小聪明。主人喂狗时得不到的鱼和肉，它就想法偷回来。

最让它感到头疼的是唇唇。从第一天见面，它们就结了仇。唇唇比它大点儿，比它要强壮，因为白牙有一副陌生的面孔，所以追逐着白牙打架成了它的乐趣，甚至不允许它和寨子里其他小狗玩。尽管如此，它并没有变得胆怯，从不逃避找上门的战斗。它知道，它可以受伤，可以战败，但精神绝不能屈服，可是力量真的差别太大了，它总是受伤。

童年是性格形成的时期，交友、玩耍是天性使然。对人是如此，对动物也是一样。本来就凶狠的白牙，在无穷无尽的迫害下失去了童稚的心，变得老成又凶残，时刻琢磨着逃避欺凌和压迫的方法，也耐心地等待着复仇的机会。

它很快就尝到了复仇的快感。那天，唇唇又缠上它了。它不住地退缩，灵巧地穿梭在帐篷之间。【🔍动词：准确形象地写出了白牙引诱唇唇时灵活自信的样子。】作为一只有着野狼血脉的狗，白牙比同龄的小狗都跑得快得多，但它有意地放慢了步伐，让唇唇始终感觉差一步就追上它了。当它兴奋地拼命绕过一座帐篷，以为就能咬住白牙时，却一头扎进杰西的怀里。再想跑已经是不可能的了，它被杰西一口咬翻在地。即使杰西被拴着，唇唇想逃开也比登天还难。结果可想而知，当它最终从杰西身边逃开时，已经是遍体鳞伤了，精神也受到沉重打击。白牙乘机蹿上来咬住它的腿。唇唇斗志全无，落荒而逃。最后，还是女人们给唇唇解了围，雨点般的石头让白牙愤愤而去。

有一天，灰海獭认为杰西不会再逃跑了，就解开了拴它的绳子。这让白牙兴奋极了，陪着妈妈在寨子里东游西逛，快活极了。还有意去挑衅唇唇，它明白，有妈妈在，它就不怕唇唇。

当太阳西移时，白牙引诱着妈妈一步步地来到营地不远的树林边缘。潺潺的河水、温馨的洞穴、寂静的树林都在召唤着它。它要和妈妈一起到广袤无垠的荒野中自由地生活。它跑几步，停下来，呜咽几声，调皮地在小灌木丛里钻来钻去，又回来舔舔妈妈的脸。

它听到了来自荒野的呼唤，它的妈妈也听到了。那是荒野里神的召唤。它们无法抵御。可是它们也听到了另一个更清晰的声音——火和人的召唤。这个声音只有它和它的弟兄们才能听到，才能作出反应。杰西回头慢慢地跑向了营寨，白牙坐在树荫下轻轻地呻吟。白牙还是一个孩子，它稚嫩的生命是不能没有妈妈的庇护的。于是它站起来，形单影只地向营地跑去。

在那段有妈妈在身边的日子里，白牙生活好多了，不用再担心小狗们欺负它。可是，快乐的日子总是短暂的，不久，妈妈就离开了它。

灰海獭欠了同伴三鹰的债，而三鹰要到麦肯兹河上游去，这样，杰西就成了一个抵债品。看着妈妈被带到了一只独木舟上，离开了河岸，它就不顾一切地跳进水里，拼命地追去。失去妈妈的恐惧使它忘记了世间的一切，即使是神一般主人的召唤，它也毫不理会。

灰海獭生气了，他也乘上了一只独木船追了上去。抓住白牙的脖子把它从水里拎了起来，用另一只手暴打。

雨点儿般的拳头不停地落在白牙身上，疼痛淹没了失去妈妈的恐惧，它害怕了。灰海獭却没有停下来的意思，他越打越生气。这时白牙的野性复苏了，嗥叫着，向主人露出了锋利的牙齿。这只能让灰海獭更加愤怒，拳头打得更重了。

<u>和这次挨打相比，白牙以往的挨打简直就是春天里的毛毛雨。</u>【❀比喻：把白牙以往被打比喻成春天里的毛毛雨，说明这次挨打的程度非常严重。】它真的承受不住了，不停地哀号，以至于最后，哭的力量也没有了。它耷拉着脑袋，四条腿不断地抽搐着。终于，灰海獭累了，把小船划到岸边，把它扔到岸上。在岸上早已等待的唇唇，这次终于找到了报仇雪恨的机会，扑上来就咬，却被灰海獭一脚勾起来，远远地甩了出去。即使被那样残酷地蹂躏，白牙还是很感激人的这种正义感。这让它懂得了一个道理，在人类的世界里，只有主人才有惩罚的权力，任何劣等的动物都不能潜越。

夜幕再次降临，营地笼罩在无边的沉寂中。<u>白牙想起了妈妈，思念和疼痛让白牙禁不住哭起来，</u>【❀拟人：把白牙写得具有人一样的情感，表现了此时白牙的可怜无助。】在寂静的夜里显得尤其刺耳。哭声吵醒了沉睡的主人。挨打是难免的。从此，白牙只会在人的面前轻轻啜泣。但它会跑到树林里号啕大哭。这样的日子里，它常常想起在小河边上那些快乐的日子。它也想过回到荒野中去，却没有去实现。它总有一个信念，妈妈还会回到这里来的，它只是跟着猎人到野外打猎还没有回来。

生活是不幸的，但也有不少有趣的事情发生。它经常能欣赏到人类做一些奇奇怪怪的事，这很好玩。它也学会了和主人搞好关系。它认识到，服从是自己的天职，对主人的要求不能有任何借口，这样就不会挨打。灰海獭有时会扔一块肉给它单独吃，这让它感到很得意。虽然主人从来不爱怜地抚摸它，但他们之间正在形成一种牢固的亲密关系。它逐渐地喜欢上那里的生活。

没有了妈妈的庇护，白牙不断地受到唇唇的骚扰，它变得更加凶猛了。这不仅仅是因为它从荒野中来，更重要的是现在的环境塑造了它。营寨里有了什么乱子，那肯定与白牙有关，而且几乎所有的麻烦都是由它而起。在女人的眼中，它就是一个贼。她们都不喜欢它，因为它经常偷吃肉。这惹得她们经常大喊大叫，不住地诅咒它。因此白牙要随时防备投过来的石头。

在这个寨子里，没有人愿意理睬它，小狗也是。它们潜意识中感觉到了它来自荒野的味道，本能地对它怀有敌意。它们都跟着唇唇跑，还联合起来迫害它。在不停的战斗中，白牙不断地总结着经验，变得越来越聪明。它咬其他狗的时候越来越多，挨咬的次数越来越少。若是单打独斗，白牙根本不把它们放在眼里。但是它们不会给它这样的机会，即使偶尔单独相遇，也是战斗一开始，其他的狗就会蜂拥而至。

在不断的战斗中，白牙明白了一个道理：生活就是站稳脚跟。因此，它在战斗中，不论遇到什么样的情况——攻击或者被攻击，它总能让自己的脚朝向这坚实的大地。它进攻的方式也和其他的狗不一样，在进攻时，它们总想耸立起鬃毛吓唬敌人，可是白牙不会这样，<u>它总是闪电般地进攻，快、准、狠地给对手沉重一击。</u>【★形容词："快""准""狠"三个字，准确地写出了白牙进攻迅速、凌厉的特点。】然后在敌人的同伙还没有来的时候就快速撤离。如果不是它还没有成年，力量还不足够大，这一击就能送了对手的命。

一天，它在树林边遇到一只曾经攻击过它的小狗，它毫不犹豫地冲了上去，三番五次地将其掀翻在地，最后咬断了小狗颈上的大动脉。当天夜里，小狗的主人愤怒地来讨伐它。许多经常丢肉的女人也加入了这个行列。幸好主人把它藏到帐篷里，才躲过了一劫。

此后，白牙变得声名狼藉。人讨厌它，狗也讨厌它。它时刻都要准备应付那些突如其来的袭击，也随时准备采取措施，或者迅速地将敌人咬翻在地，或者冷静地逃跑。

在这残酷的生活环境中，白牙成长得很快。它的嗥叫比寨子里所有狗的叫声都要可怕。在它们那个家族中，嗥叫是一种有效的武器，可以威胁或者恫吓，当然，应该什么时候叫那还是需要智慧的。白牙对此深有体会，它的嗥叫声里，总是透着凶恶残忍，让所有的敌人都感到恐怖。更恐怖的还有嗥叫时的形象：满是皱褶而不停抽搐的鼻子；波浪般不停涌起的灰毛；像蛇一样从嘴里不停伸出又缩回的舌头；放射着仇恨凶光的眼睛；滴答着唾液的獠牙。【外貌描写：细致的外貌描写表现白牙嗥叫时的凶恶形象。】面对这个凶神恶煞般的形象，哪个进攻者都难免迟疑，这瞬间的迟疑往往会让它们放弃进攻甚至丢了性命。

如今，白牙已经是寨子里的一个特立独行者。它被狗群排斥，狗群中也没有谁敢独立行动。这对它们也是一个报复。如果有谁发了疯，单独到河边喝水，那往往意味着一个结局：毫无迹象地被伏击，丢了性命。即使万幸逃脱，惨叫声也会响彻寨子的上空，让听者心惊胆战。

对小狗们来说，集体行动是必须的。一旦发现白牙的影子，就会成群结队地追上去。当然，即使在这样的时候，白牙也不是没有机会。它速度太快了，总能甩掉追击者，还学会了突然转头，向最近的那只狗急速地扑上去，给予痛击。

对于狗群的报复，白牙还有另外一种方式，凭借自己比它们快得多的优势，它会把它们引到营地周围的树林里。树林里方便它隐蔽，狗群追着追着就不见了它的踪影，它就会悄悄地泅水到对岸，让失去目标的它们在那里抓狂。

　　在残酷的生活中，快速成长起来的白牙过分地培养着自己进攻和自卫的能力，温情和它没有一点儿关系。它的生活准则就是：遵从强者，欺凌弱者。比如对灰海獭，他是神，它就会无条件地服从。而对于那些比自己弱小的狗，它总是给予残酷的打击。它在一天天长大，越来越超越了同龄者，动作灵活，腿脚快捷，而且残暴狡猾。这也是它在这个环境中生存下来的原因。

生存的法则

当西风渐起，树叶枯黄飘落的时候，白牙发现机会来了。

人们开始变得忙碌不安，拆除帐篷的，整理物品的，准备交通工具的，营地到处都是喧哗的人群。他们急着准备到远方秋猎。白牙不想去，它要留下来。曾经无忧无虑的生活让它神往不已。于是它悄悄地逃到树林里躲了起来。

它躲在低矮的灌木丛中，一动也不动，时断时续地睡了几次。中间它听到主人焦急地喊它，它吓得浑身战栗，差点儿跑了出来，但最终还是忍住了。主人一家找不到它，失望地走了。白牙快乐地玩耍起来，重获自由的喜悦让它陶醉不已。

暮色慢慢降临，无边的夜色笼罩了树林，周围一片死寂。白牙突然感到从未有过的孤独和恐惧。它茫然地观察着周围的动静，到处都是寂静，只有草丛中传来低低的虫鸣声。在漆黑黑的树林里，仿佛隐藏着未知的危机。它开始想念和人类在一起的日子：高大的帐篷，暖烘烘的跳跃着的火苗，还有男人女人的叫骂吵闹声。它饿了，可是离开了人类，这里什么吃的也没有，除了冰冷的沉寂。它已经不习惯离开人类的生活了！

月亮缓缓地爬上了树梢，地上留下了参差斑驳的黑影。白牙轻声地呜咽着，在林间转来转去，不知道哪里才是自己落脚的地方。这时，几只乌鸦不知道受了什么惊吓，突然拍着翅膀，呱呱地在树顶上叫起来。它慌了，脑海里浮现出暖烘烘的篝火和帐篷里的主人，于是它拼命地向营寨奔去。【景物描写：以寂静、冷清的环境渲染气氛，表现白牙内心的孤独恐惧，与前面

的喜悦形成鲜明的对比。】

营地空荡荡的，只剩下一地的白霜，映着寒冷的月光，白惨惨的。这让它感觉更冷了。它开始怀念曾经的日子：主人给自己肉吃时的温馨，女人咒骂时的有趣，甚至那些攻击自己的小狗也变得可爱起来。

它走回灰海獭原来的帐篷所在地，卧在冰冷的地上，孤独地望着冷冷的月亮。想起曾经卧在帐篷边睡觉的温暖，忍不住抽泣起来。"主人怎么忍心丢下我呢？"它这样想着，委屈无助一起涌上心头。于是，它放开喉咙，平生第一次长长地嗥叫起来，凄厉的叫声传遍了荒野，可是它的主人却听不到了。

寥落的残星消失了，晨曦从东方的天际浮现，驱散了白牙一夜的惊恐，却无法驱散它的孤独感。白牙不能再等了，"一定要找到主人。"它这样想着，沿着河岸飞一般地跑下去。好像它那强健的躯体不知道疲倦似的，一整天也没有歇息一下，什么东西也没有吃。

到了第二天中午，它那坚实的肌肉开始松弛了。它无数次地掉进冰冷的河里，又无数次地挣扎起来。顾不上流血的脚掌，瘸得越来越厉害的腿，还有天上飘起的雪花，凭借超强的忍耐力，追寻着人类留下的足迹，坚持跑下去。

夜色黑下来时，雪越下越大。白牙拖着伤腿，一瘸一拐地向前走着，忽然发现了一行熟悉的脚印。它兴奋起来，却又叹息着钻到了树林里。新营寨里传来忙忙碌碌的声音，它趴在地上，透过林间的缝隙，偷偷地看着熊熊燃烧的篝火，做饭的女人，还有嚼生油脂的主人，心里忐忑不安。【成语：心神极为不安，这里表现了白牙追上主人时的既兴奋又害怕的矛盾心情。】

"这个时候可要挨打了。"白牙这样想着，不禁打了个寒战。可是那里却有火，有主人的保护，还有小狗为伴——虽然不友好，但可以让自己没有孤独感。这些都吸引着它迈开脚步，怀着恐惧向着火光挪了过去。

灰海獭一下就发现了它，立即停止了咀嚼东西。白牙战战兢兢的，似乎羞于再看到主人，但还是慢慢地靠近着，最后终于卑微地蜷缩到主人的脚边，心甘情愿地等待着惩罚。

忽然，一道黑影在头顶一闪，它情不自禁地战栗了一下。"惩罚要来了。"它这样想着。结果想象中的惩罚没有落到身上，主人却把自己正吃的油脂送过来一半。它简直不敢相信自己的眼睛，拿鼻子嗅了嗅，又抬头瞅瞅神一般的主人。主人没有看它，召唤着再拿一些肉来，还斥退想上来抢食的狗。它不再犹豫，一口叼住吃了起来。

"明天终于可以不用再提心吊胆地在树林间游荡了。"它这样想着，心满意足地在主人的脚边打起盹儿来。它真的太困了。

腊月到了，到处都是一片冰天雪地。灰海獭带着家人，驾着雪橇，向麦肯兹河上游进发。除了自己的狗，还有借来或者换来的。他特地为儿子米萨准备了一只小雪橇，由一群小狗拉着。米萨很得意，他也可以帮着大人干活了。

其他几只小狗出生早一些，包括唇唇，现在已经十个月了，白牙要比它们晚两个月。

雪橇体现了人类的智慧，除了本身结构设计合理，更体现在对狗的使用上。每只狗都用一根绳子拴在雪橇上，绳子长短不一，至少有一条狗的差距。狗在前进时像扇面一样，这样不会相互碰撞。扇面队形还有一个好处，长短不一的绳子，使后面的狗无法骚扰前面的狗。如果前面的想攻击后面的，就必须回过头，那样人类的鞭子就会毫不犹豫地抽上去。其实最大的好处还在于，如果有一只狗想攻击前面的狗，就会快跑，雪橇就会走得快，被骚扰的也会跑得更快。雪橇就这样在雪地上奔驰起来。

米萨也有这样的智慧。他不喜欢唇唇，因为它曾经迫害自己的白牙。但它那个时候不是自己的，最多朝它扔一块石子解解恨。现在机会来了。他给唇唇套上了最长的那根绳子，让它当头狗，用这样的办法发泄曾经的怨恨。头狗看着很风光，其实不是个好差事。其余的狗跟在身后，总是看到它毛茸茸的尾巴和奔跑的后腿，这无疑会使自己威信全无。同时，印第安人还有一个狡猾的办法，乐意当着其他狗的面优待头狗，让其他的狗都嫉妒它。这惹得其他的狗更憎恨头狗。从前唇唇是这群小狗的头儿，现在大家都恨它，迫害它，总想追上它。它只能拼命地在前面奔跑。得益的还是主人，雪橇越跑越快。

唇唇不再是首领了，白牙也没有这样的意愿。它脾气太坏了，行为又孤僻，它已经屈服了人类的意志，心甘情愿地为人类尽忠。在和狗群的关系上，不是撕咬就是不理睬。它总千方百计地想以最残酷的方式撕扯它们，报复它们原来对自己的迫害。在吃东西的时候，它也是快速地吃完，去抢同伴嘴里的肉。最凶恶的狗也拿它没有办法。对于偶尔的反抗，它总是给予最残酷的镇压。

白牙不能容忍它们对自己有半点的不尊敬。每当在路上相遇，它们必须让道，就像那些小狗遇到它一样。

就这样，几个月过去了，他们仍然在雪地上奔波着。长时间的辛劳让白牙变得更加强壮，对世界也有了新的认识：世界是残酷的，充斥着你死我活的斗争，善良仁慈只是童话故事，弱肉强食才是生存法则。它对世界充满了不信任，就像不相信人的手会给它带来什么好处一样。哪怕是一个蹒跚走路的小孩子甩着小手向它走来，它也会躲开。即使对主人也是这样，没有什么感情。只是在白牙眼中，灰海獭是个野蛮的人，有力量。它就必须服从。

有一天，在大奴湖附近的一个村庄里，白牙正和其他的狗一样寻找着食物，遇到了一个用斧头砍冻鹿肉的小孩儿。肉渣飞溅到白牙的脚下，它就停下来捡着吃了。小孩儿生气了，抄起一根棍子就冲了上来，它吓得赶快逃离，却没有想到跑到两个帐篷中间，过不去了——后面是一个高高的土堆。面对步步逼近的棍子，白牙终于忍无可忍："我又没有违反觅食的规矩，你何苦这样以死相逼呢？"于是，它暴跳起来，扑了上去。那个小孩儿还没有明白发生了什么事情，就躺在了雪地上，握棍子的手被咬开了白花花的一道口子，鲜血不停地流着。

白牙垂头丧气地溜回家，【**成语：写出了白牙知道犯错后后悔莫及的样子和沮丧的心情。**】等待着严厉的惩罚：那是咬烂了神圣不可侵犯的人的手呀！当那个受伤的小孩儿领着怒气冲冲的家长找上门来时，它害怕了，躲到主人的身后，期盼着庇护。场面很激烈，他们都愤怒地争吵着，谁也没有退缩的意思。它明白了，主人并不认为它有什么做得不对的地方。于是，它又得出了一条模糊的法则：人是有区别的，主人所有的行为都要接受，来自其他人非正义的东西，它不能接受。

不久后的一件事情，让白牙对这条法则有了更清晰的认识。那天，米萨在树林里捡柴，碰到了那个被咬的小孩儿，还有他的一群伙伴。他们争吵起来，接着就拳脚相向。雨点儿般的拳头无情地落到了主人的身上。白牙并不放在心上——那是人类的事情。可是当它意识到挨打的是自己的主人时，它愤怒地冲了上去。五分钟后，战争结束。几个小男孩儿东奔西窜，雪地上留下了星星点点的血迹。回到家里，米萨向爸爸讲述了事情的经过。灰海獭激动地吩咐道："拿肉来，多拿点。"吃饱了的白牙心满意足，在灶旁睡眼蒙眬地卧下了。

逐步积累的经验让白牙明白了另外的一个法则：凡是主人的东西都要无条件地保卫，甚至不惜冒犯其他的人。它明白，在万能的人面前，自己是弱小的。但这并不妨碍白牙向侵犯主人的人挑战，尤其是那些偷偷摸摸的人。它虽然知道他们都是胆小鬼，自己嗥叫一声，他们就会屁滚尿流地逃跑，它的主人也会马上来帮助自己，但是它很少这样做。它会一声不吭地冲上去，把自己锋利的牙齿扎到入侵者的肉里。

灰海獭越来越发现白牙这种强烈的责任感，就有意训练它看守财物。因此，本来就孤僻暴虐的它，变得更加凶猛，也更加孤独。

随着时间的推移，白牙和主人变得难分难舍。它主动地放弃了天性中对自由的向往，荒野在它心目中越来越遥远。它得到了食物和火的温暖，还有主人的陪伴和庇护，不用再为填饱肚子东奔西走。为了回报主人的恩赐，它要服从主人，保卫主人，甚至不惜牺牲自己的生命。忠诚，融入了它的灵魂。

第八章

霸王的诞生

阳春四月，草长莺飞。灰海獭结束了长途跋涉，回到营地，把雪橇狗从雪橇上卸下来。白牙正好一周岁，当然，没有谁会在意这样的事情，它自己也不会。但谁都会看到一个事实：它长大了。虽然远未成年，身体还很单薄，但在营地里，它已经是除了唇唇之外体型最大的小狗了。它很好地继承了父母的身材和力量，皮毛也是真正的狼灰色，从外表看，没有谁会把它看成一只狗。从妈妈杰西那里得到的东西，在它性格形成过程中起到了作用，但从外表上谁也看不出来。

它现在又没有事情可做了，整天在营地转悠。生活也发生了很大的变化，和它一起长大的小狗，不再成群结伙地欺负它，它的力量要比它们大得多。大狗也好像突然变小了，没有了以前的那种摄人心魄的力量。它在它们面前来去自如，不用再小心翼翼地行走了。这让它很开心。

在这个过程中，有一件事给它深刻的印象，让它更加明显地感觉到自己的变化，也让它更有信心，更加自豪。

那天，狗群在分食一只刚猎杀的麋鹿时，白牙抢到了一条腿骨，肉多且肥美。它从乱成一团的狗群中钻出来，躲到一边的灌木丛旁，准备享用自己的战利品。这时，老迈的贝斯科大摇大摆地走了过来，【成语：刻画出贝斯科走路时身子摇摇摆摆，自以为了不起的傲慢神态，表明贝斯科根本就不把白牙放在眼里。】旁若无人地咬向了肉骨头。骄横惯了的它怎么可能把一只没有完全长大的狗放到眼里呢！它想吃，那就是它的，难道还有哪个不知好歹的小狗敢和它争吗？危险就这样发生了，它眼前黑影一闪，一阵刺骨的疼痛霎时传遍全身。它两眼惊奇地盯着跳到一边的白牙，鲜嫩的肉骨头就在它们中间。它仍然不敢相信，眼前的这个半大的狗竟然咬了它。

疼痛让贝斯科清醒了，自己真老了！想到这儿，一阵恐惧袭上心头。要是在以前，只要它一龇牙，眼前这只怒视着自己的小狗早就吓趴下了。它想冲上去，好好地教训教训这个不知天高地厚的家伙，可是它明显感觉到自己已经力不从心。于是，<u>它竖起颈上的鬃毛，恶狠狠地瞪着它，心里琢磨着怎么来应付眼前这个尴尬的局面。</u>【动作描写：生动表现了贝斯科表面很凶恶，内心却很虚弱的情形。】其实白牙也害怕了，在咬完的那一刹那它就后悔了。毕竟它只是一只刚满一周岁的小狗。它的眼前仿佛又出现从前那只让自己胆战心惊的贝斯科，它不由自主地缩成一团，快速地盘算着如何逃离眼前的危险，且不失体面。

老于世故的贝斯科看出了白牙的胆怯，不禁得意忘形。如果它继续保持着恶狠狠的神态，白牙肯定会落荒而逃，将那块肉骨头留给它。可是觉察到白牙的恐惧，它似乎又回到了从前，想当然地认为那还是自己的。它迫不及待地蹿到鹿腿前，贪婪地嗅着。这个狂妄的动作深深地刺激了白牙，它不禁怒火中烧。即使这样，贝斯科还是有机会得到它想要的东西的，它只需瞪着白牙，白牙迟早会溜走的。可是现在它眼里只有那鲜美的鹿肉，就急切地咬了一口。

白牙彻底愤怒了，它已经不是从前的那只小狗了，自己在狗群中刚刚获得的尊严与地位绝不能容忍这个老迈的家伙糟蹋。想到这里，它像幽灵一样，悄无声息地扑到贝斯科的眼前，快速地撕裂了它的右耳。贝斯科惊呆了，一只小狗怎么会有这样快的速度？可是还没有等它明白过来，又被快速的攻击摔到地上，脖子上又挨了一口。贝斯科也愤怒了，嗥叫一声扑向白牙。可是白牙闪电般的速度让它蒙头转向，攻击总是无功而返，自己又被接二连三地咬中。它踉踉跄跄地后退了好几步。

战事完全翻转，攻击让白牙信心大增，它耸着鬃毛，露着雪白锋利的尖牙，不可一世地站在鹿腿旁，盯着伤痕累累的贝斯科。它知道胜利已经属于自己，眼前这个老家伙的时代已经一去不复返了。

贝斯科茫然地站在一边，阵阵的疼痛不断地提醒它，赶快从这个困境中脱离开，不然后果更严重，现在已经是这个年轻家伙的世界了！想到这儿，它不禁悲从中来。它不想再失去最后的一点儿尊严，神情傲然地转过了身，从容地走开了，只留下一个末路英雄的背影。贝斯科一直到了一个僻静的角落里，趴下来，神情黯然地舔舐着伤口。这次战斗，不在于白牙争抢到一块美味的肉骨头，而在于捍卫了自己的尊严和地位，更重要的是战斗让它对自己充满了信心。在白牙的一生中，这次战斗具有划时代的意义。从此以后，大狗们再也看不到它蹑手蹑脚的样子了，也看不到它给自己让路。在吃食的时候，它们也不敢去肆无忌惮地抢它的肉了。反而是它们在遇到白牙时，要好好地掂量掂量，如果干扰了那个孤傲的家伙会怎么样。当然，这种相安无事的状态也不是一下子就形成的，中间也经过了反复较量。虽然白牙勇敢地击败了贝斯科，但并不能让所有的大狗都服气，它们不习惯一只小狗不把自己放在眼里。几只英勇无畏的大狗和它较量了几次，但在白牙闪电般的进攻面前，一点儿便宜也没有讨到，才逐步认可了它的地位。开始，小狗们都很惊奇，它怎么就可以和大狗平起平坐呢？但不久就明白了，千万不要去招惹那个冷漠无情的家伙，最好它也别惹它们。

　　<u>白牙的生活开始像一潭秋水，平静得没有一点儿波澜。</u>【◎比喻：用秋水来比喻白牙目前的生活，形象地表现了现在生活的安逸与平静。】在这个过程中，又发生了一件重要的事情，让它心中最后的一点温情彻底地消失了。它成了一只极具狼性的狗。

　　那年夏天，在一次跟随主人出猎的过程中，白牙发现周围突然多了个新的帐篷。它很好奇，不由自主地跑了过去，没有想到遇到了妈妈杰西。它愣愣地看了一会儿，终于记起了眼前站着的就是自己的妈妈。可是杰西再也不记得它了，它警惕地站在那里，龇着牙，低低地咆哮一声，威吓着陌生的来者。

　　这一声咆哮，勾起了白牙熟悉的记忆。霎时，小河，树林，远山，依稀地出现在它的脑海里，在那里，它就和眼前的狗一起战斗，一起承受生活的快乐与痛苦。妈妈的形象更加清晰起来。它高兴起来，摇着尾巴跑了过去。杰西却照着它的脸，毫不犹豫地咬了下去。

白牙呆住了，疑惑地退了下去。它不知道，这不是妈妈的错。因为在狼的家族里，母狼是没有能力记住离开自己超过一年的孩子的。对又有了一窝新狗崽的杰西来说，白牙现在就是一个危险分子，随时都有可能伤害自己的孩子，这是作为妈妈的它所不能允许的。白牙在不远处徘徊着，仍然没有离去的意思。

这时，杰西身后露出来一只小狗崽，摇摇晃晃地向白牙爬来。它亲昵地用鼻子蹭了蹭，心里满是好奇。杰西却冲了过来，照着它的脸又是一口。白牙慌忙退到更远的地方。也就在这时，那些温馨的记忆瞬间消失了，仿佛刚才做了一个梦。它看着正在亲吻小狗的杰西，不明白这只陌生的大狗为什么要攻击自己。但它也不想还击，因为每一只狼的耳畔，总有一个神秘的声音在反复地告诫它："不可以和雌性斗争。"于是，它走开了。这样，妈妈像一阵风，在白牙的世界里彻底地消失了，不留一丝痕迹。

时光飞逝，白牙一天天长大。它变得更强壮了，而且异常敏捷。家族的特征，让它具有很强的可塑性。假如当年白牙不是跟随妈妈进入了人类的世界，荒野肯定会把它打磨成一只真正的狼，奔驰在无垠的丛林里。但是，它现在成了一只狗，而不是狼，尽管具有狼性。这既有天性的原因，也是环境的结果。现在，没有哪只狗愿意招惹它，能与它和平共处是它们最大的愿望。但灰海獭喜欢它，甚至有点儿溺爱它了，经常无节制地奖励它。

作为一只狗，白牙在主人的眼里简直就是完美无缺的。可是它有一个克服不了的缺点，就是无法容忍任何针对它的笑。人们之间可以想怎么笑就怎么笑，只要不对着它。无论它多么平静，只要有人对它笑，它就立刻心烦意乱，像突然着了魔似的。这时候要是哪只不知好歹的狗冒犯了它，那就死定了。但是白牙从来不会将自己的怒气发泄到主人身上，因为他有有力的棍子，像神一样不可侵犯。

饥荒

时光荏苒，转眼白牙三岁了。

那年，一场前所未有的饥荒袭击了麦肯滋河流域。【✎动词：形象地说明灾荒突然来临时人们毫无准备的情形。】丛林里，很少能见到麋鹿，兔子也不知道躲到哪里去了，甚至河里都抓不到一条鱼，一切靠猎取为生的动物都断绝了食物来源。无尽的饥饿让荒野上上演了一场场同类相残的悲剧。弱肉强食，自然界本来就这样！

人类也没能幸免，老弱病残的都饿死了，营地里到处是哭嚎声。他们吃掉了皮子做成的一切可以吃的东西，甚至那些和他们朝夕相处的狗。女人和孩子强忍着饥肠辘辘的痛苦，省下少得可怜的几粒粮食，放到男人嘴里，让在森林忙着捕猎的他们不至于饿倒在地。没有了他们，部落也就完了。看着自己的同伴成了人类的食物，那些勇敢的、有心计的狗在深夜里偷偷地溜出村子，逃到森林里。那里也许还有一线希望。

在这样苦难的日子里，白牙也不例外，在一天夜里，等饥饿的人们好不容易进入了梦乡，它蹑手蹑脚地离开了营寨，偷偷地跑入了森林，没有一丝的留恋。有了童年的经历，它很快就适应了离开人类的生活。

它很善于捕捉松鼠，经常是一连几个小时趴在隐蔽的地方，观察着松鼠活动，静静地等待机会的来临。有时候，松鼠已经从树上爬到地上，它也不急于冲出去，而是一直耐心地等到它再也没有可能逃到树上为止。这时候，它才会像离弦的箭，嗖的一声蹿上去。【✎比喻：用离弦的箭比喻白牙攻击的速度，形象地表现了白牙速度的迅速。】松鼠来不及转头，就落到了白牙的嘴里。

虽然它特别擅长捕捉松鼠，但却没有办法完全依靠捕捉松鼠生活——在饥荒的岁月里，松鼠也变得很少。它还必须捕捉更小的动物。饥饿难耐的时候，甚至会去刨食地下的木鼠，或者与同样饿得发狂的黄鼠狼战斗。

在忍无可忍的时候，为了生存下去，它还曾经偷偷地溜到主人那里。当然，它不会回到帐篷里，也不会让人们发现，而是躲藏在营地周围的树林中，偷吃人类套住的猎物。有一次，它还发现了灰海獭，他打猎累了，正无力地坐在地上休息，不远处有一只套住的兔子。它就悄悄地靠近，撕扯下兔子，叼着逃跑了。

有一天，正在林中寻觅的白牙，忽然发现了一只狼。那只狼和自己的年龄差不多，已经饿得皮包骨头，皮毛粗粝松弛，像一个架子裹着块旧毛毡。【🏠外貌描写：用一个比喻形象地写出了这个时期的狼因为饥饿而瘦骨嶙峋的样子。】如果不是因为灾荒，白牙也许会跟着那只狼一起走，重新回到自己的兄弟们中间，和它们一起，像风一样在荒野里奔跑。可是，白牙没有那么做，而是追上狼，没有丝毫地迟疑，就干净利落地咬死了它，把它当成了晚餐。

在这段艰苦的日子里，虽然经常挨饿，但孤独的白牙还是很幸运的，它总能在危险的时刻峰回路转，总能在疲惫不堪时错过死敌。这只能说是苍天对它的眷顾，不然，还能有什么更好的解释呢？就像那次，饥饿好几天的白牙刚吃了一只山猫（山猫饿得更久，身体更虚弱，不然鹿死谁手还很难说），就遇到了一群饿狼。群狼都饿红了眼，不顾一切地向它扑来，可是它们怎么能追上体能正充沛的白牙呢？结果，奔跑如风的它不但成功地甩掉了狼群，还兜了一个大圈子，悄悄地溜到狼群后面，收拾了一只累垮的狼。

从那以后，白牙离开了这个地方，凭借脑海里残存的记忆，回到了童年生活过的河谷。在那里它找到了自己出生时待过的洞穴，还再一次碰到了妈妈杰西。它也是偷偷地从主人的家里溜出来的。这里也没有能逃过饥荒。杰西回到荒原中来，回到它的老巢，在那里产了一窝小狗崽。只是时运不好，这窝小狗崽注定短命。现在就剩下一只了，而且这只也只剩下最后一口气了。面对白牙，杰西仍然怒吼着，警告着不速之客。可是白牙这次却没有丝毫的感情波澜，转过身，平静地离开了。它沿着小河走，发现了大山猫的洞穴——就是当年被自己和妈妈吃掉的那只大山猫住的地方，它停下来，在那里休息了一晚。

春末夏初，食物逐渐丰富起来。白牙的猎食情况越来越好，甚至还会出现吃多的现象。这样，它的身体恢复得很快，几乎和在人类身边时一样强壮了。也就在那时，它遇到了唇唇。唇唇也是为了生存跑到树林来的，日子过得一直不如意，整天为生活奔波，却很难饱餐一顿，挨饿是经常的事情。当时它们都正在绕过一块大石头，没有想到迎面碰上。它们差点儿撞到一起，都马上站住脚，警惕地盯着对方。

这次相遇是白牙无论如何都想不到的。曾经的苦难瞬间涌上了心头，身上的毛<u>情不自禁</u>地就立了起来。【⚲成语：生动简洁地写出了白牙遇到年少时曾经欺负它的唇唇时激动的情形。】当白牙还是一只小狗，第一次踏入了人类的营地，唇唇就把它当成了一个异类，率领着自己的伙伴欺凌它，迫害它。而现在，曾经的仇敌就在眼前，而且已经不是当年那个不可一世的头领了，甚至饿得似乎只剩下一张皮。这样的机会它怎么可能轻易放过呢？

唇唇感觉到情况不妙，转身想跑，可是已经来不及了。白牙迅猛地扑了过去，一下子就将唇唇撞倒在地上，又闪电般地咬住它的脖子，撕碎了它的喉咙。唇唇哀号着挣扎了几下，就彻底地闭上了眼。白牙冷冷地看了它一会儿，扬长而去。

几天之后，白牙出现在树林边缘，那里有一条小道通往麦肯滋河。在这里，它发现了一个部落营地：高高的帐篷；熊熊燃烧的营火；来来往往的人群；人和狗的嘈杂声。于是它偷偷地靠近村落，却闻到了一股熟悉的味道。原来主人的营地搬到这里来了。只是和它离开的时候不一样，那些饥饿的呻吟声没有了，到处充溢着幸福快乐的氛围。

灾荒终于过去了。白牙从林中钻了出来，轻快地向主人的帐篷奔去。灰海獭打猎还没有回来，女主人高高兴兴地迎接它的归来，将一条新鲜的大鱼送到它的嘴里。它吃饱了，趴在帐篷旁边，热切地盼着主人回家。

孤独的叛逆者

回到了主人身边，重新获得主人的食物和保护，理所当然地要为主人做事。这是狼在走向人类身边时就订立的契约。现在，白牙在小主人米萨的指挥下做事。它成了一只领头的雪橇狗。聪明的米萨了解狗，特别了解白牙。他知道它勇猛无比，意志坚定，而且在其他狗的眼里还是一个异端。他知道怎样才能调动它们的积极性。让白牙做雪橇队长，就是他的一个重要措施。

在这之前，如果说有四分之一狗的血脉的白牙，本性中还存在和同类交好的可能性的话，那么从它成为雪橇队队长的那天起，这点希望之火就彻底熄灭了。

其实，这样的领导职位白牙一点儿也不喜欢，但又有什么办法呢？主人的意志是不能违背的。只要它不想完蛋，就要一丝不苟地执行主人的命令。它当然不想完蛋。

狗群不喜欢它。因为它作为队长，总能从主人那里得到额外的肉，这让每一只狗都嫉妒得难受。还因为狗群总是在白牙的后面，它们总是看到它丑陋的屁股，粗短的尾巴，难看死了。

白牙也讨厌它们。队长可不是好差事。米萨一声令下，狗群就疯了般往前跑，并不停地在后面叫着。这让白牙简直无法忍受。它好几次转过头，想教训教训那些叫个不停的家伙，可是刚一回头，米萨的鞭子就落到了它的脸上。它只能忍气吞声，也逐渐养成了对同类的仇恨和敌视的习惯。

白牙现在成了一个种族的叛逆者。假如世界上还有一个动物被所有的同类敌视的话，那这个动物就是白牙。在它的世界里，不再有"怜悯"这个词语——不乞求怜悯，也不施与怜悯。每当从雪橇上卸下了，它从不像其他的雪橇队长那样，摇着尾巴，凑到主人的身边，寻求庇护。它瞧不起那样的行为，它蔑视乞讨来的保护。它在营地毫不害怕地走来走去，甚至还寻找着机会，发泄白天所受的委屈。但是形势有所变化：以前的形势是那些狗都躲着它；可是现在，它每天必须在雪橇最前面飞奔，把一个逃跑者的形象留给了它们。它们虚妄的自信心空前膨胀。战斗随时随地都有可能发生，它不断地被咬伤，也不断地将自己的牙印深深地留在来犯者的身上。这更增加了白牙对它们的仇恨，空气中都能嗅到这样仇恨的气息。

战斗日复一日地进行着，现在的营地里没有一只狗能和白牙抗衡，它比其他狗都要勇猛、狡猾、残忍。一夜之间将所有的狗都干掉，这对白牙来说并非是奢望。几乎每一只狗的身上都留下了白牙深深浅浅的牙印，可是狗群很少能吸取经验教训。一旦套上雪橇，它们就忘乎所以地在白牙后面狂叫，全然忘记了昨天晚上被咬的痛苦。这样不长记性的结果，就是到了晚上，再被白牙收拾一顿。可是它们也确实明白了一个问题，那就是必须团结一致，共同对付白牙，任何单枪匹马的行为都注定要失败。这是没有办法的事情，白牙太强健，太残忍了。每当白牙将其中的一个咬翻在地，还不等结束它的性命，其他的狗就蜂拥而至。在这样无休无止的战斗中，白牙变得越来越凶猛残忍。对这点，连人类都表示惊叹，营地里经常有人找到灰海獭理论，因为白牙总是咬死他们的狗。

在白牙快五岁的时候，它又跟随主人进行了一次长途旅行。这次行程路线是沿落基山脉，向育空河流域进发。这也是一次让白牙感到痛快的旅行，沿途各部落的狗，都被白牙杀得落花流水。它们都是些泛泛之辈，对白牙又缺乏起码的了解。当它们像往常一样，俯身，蹬腿，耸立起鬃毛，汪汪地叫着准备进攻时，白牙的利齿已经闪电般直奔喉咙而去。【对比：把一般狗的进攻方式和白牙的进攻方式进行对比，表现了白牙进攻速度快，让敌人没有办法防备。】这样的战术是它们没有见过的，往往在惊愕中就丢失了性命。白牙也在斗争中享受着报复同类的快乐。一直过了很多年，这样的故事还在

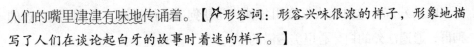

人们的嘴里津津有味地传诵着。【**津** 形容词：形容兴味很浓的样子，形象地描写了人们在谈论起白牙的故事时着迷的样子。】

到达育空堡时已是第二年夏天。育空堡位于北极圈内，是印第安人人口聚集的地方，纷繁嘈杂的人群是白牙从来没有见过的。当时正值淘金热，无数淘金者把这里当成了中转站。这是灰海獭知道的，也是他来这里的原因。他之所以不辞辛苦，千里迢迢地赶来，就是为了超额的收益。但是这里收益之高还是让他感到吃惊，这让他更坚定了留下来做生意的决心。

在这里，白牙第一次看到了白人。这让它很好奇，但直觉告诉它，他们和自己的主人是不一样的——他们有更大的力量。在它小的时候，它看到印第安人支起帐篷就万分惊讶，然而现在，白人甚至可以用巨大的圆木搭房子，盖城堡。当然，不只白牙对人类感到惊奇，惊奇的还有人类。白牙的到来引起了一场轰动。路上的行人遇到它，无不瞪大了眼睛，频频地回头，有的还想摸它一下，当然都在白牙的怒吼声中放弃了。

这里的白人其实不多。但白牙不久就发现，隔几天河里就会有汽船开来。（与印第安人的独木舟相比，这无疑又体现了他们的力量。）停几个小时就又开走了。那些上上下下的白人也随着消失了。

但是白牙也发现，白人虽然更有力量，可是他们的狗就太一般了。<u>它们身体各异，腿短的就短得稀罕，腿长的就长得离奇，而且皮毛太软，有的甚至没有毛，根本不是搏斗的料。</u>【**外貌描写**：对不同的狗进行外貌描写，表现了它们不适合搏斗的情形。】作为同类的敌人，同它们战斗简直就是自己的天职。战斗是不可避免的，但是白牙仍然蔑视它们。它们只会死拼力气，吵吵嚷嚷，不知道打仗是要靠灵活和计谋的。对于它们的进攻，它只要轻轻一躲，就可以化解危机，并能同时发动进攻，咬住它们的肩膀，将它们摔倒在地。

聪明的白牙很快就发现，它一旦咬死了狗，它们的主人会非常地愤怒。有一次它就看见一个白人枪杀了六只咬死他猎犬的印第安狗。因此，只要它把敌人摔到，撕裂开它们的喉咙，就会迅速地躲到一边，印第安狗群就会涌上来收拾残局。这时白人就会用各种武器朝狗群进行报复。看着四散奔逃的狗群，逍遥法外的白牙心里美滋滋的。

在这里，印第安狗口碑很不好。到这里做生意的印第安人都带着狗，他们忙着做买卖赚钱，哪里有时间照顾它们。因此它们成群结队地混在码头，专门以咬杀白人的狗为乐。白牙开始为了消磨时光，和它们混到一起，后来慢慢喜欢上这个游戏，这竟然成了它的职业。

白牙虽然跟狗群混，但不等于它成为了它们中的一员，它总是和它们隔着一段距离，甚至可以说对它们不屑一顾。【✗成语：生动表现了白牙根本不把同伴放在心上的心理。】但有一点却是真的，在对付外来狗这件事上，白牙和它们有着良好的合作。作为一个来自荒野的狗，它很容易引起外来狗的愤怒。它们一看到它，就会立即向它扑来。这是它们的本能，它们怎么能容忍一只和狼一模一样的家伙站在它们面前呢？它们妄图一口就咬死它，结果正中白牙的下怀，它们往往是瞬间就倒在白牙的利齿下。狗群就会一拥而上，过来收拾残局。

这样的故事本来是不应该经常发生的，但却几乎每一天都在上演着。原因不在于这些狗，而是它们的主人在纵容着。他们看不起那些外来者，乐意看到他们倒霉的样子。尤其是当白牙和它那些口碑不佳的伙伴戏弄糟蹋着那些外来狗时，他们更兴奋。于是一听到汽笛声响，他们就不约而同地挤到河边看热闹，然后再像看一场精彩演出一样意犹未尽地走开，等待着下一艘汽船的到来。

易主

在所有喜欢看新来的狗被本地狗蹂躏的人中，有一个人尤其热衷此道，而且眼睛总是盯着白牙，他就是"美男子"史密斯。他到底叫什么名字，已经没有人知道，但知不知道又有什么问题！有问题的是，他不是长相英俊，而是十分地丑陋。矮小的身材就不用说了，短小的躯干上面是一个尖细的小头。头发像秋天的枯草，黄且稀疏。脸盘却很大，像是上帝要特别补偿他在其他地方的小，将五官塑造得特别夸张。两眼间的距离简直有一巴掌那么宽，撕裂的大嘴巴里挑着两个门牙，又黄又大，下面挂着一个宽且厚的下巴，一直垂到胸前。这真的不是他的错，是上帝对他太吝啬了，或者是天使送他来人间的时候，他失足摔了下来，脸先着了地。【🏛 外貌描写：这段话多角度地表现了史密斯的丑陋，外貌的丑陋为后面心理的丑陋做好了铺垫。】很明显，"美男子"这个雅号是对他的嘲弄。

这样的一个人，如果你不是亲眼所见，纵然你有无比丰富的想象力，也很难在脑海里勾勒出那副尊容。当然，不见也不一定是坏事，见了之后会做噩梦的。

在常识中，人们总把宽下巴和心狠手辣联系到一起。但是在史密斯身上，这样的经验就行不通了。他其实是一个胆小怕事的人，在这里给别人做饭、洗碗。没有人会去蔑视他，这当然与人类本性中有怜悯那些天生不幸的人有关，但更重要的是，害怕他生气后会在背后下黑手：如果把毒药放到咖啡里，那可不是小事情。

就是这样的一个人，却总喜欢把目光放到凶猛的白牙身上。每当看到它残忍地撕裂了对手的喉咙，他就热血沸腾，好像是白牙替他完成了一件他无法完成的任务。【■心理描写：史密斯看到白牙的残忍就非常兴奋，表明他内心的凶残。】每当这时，他就特别地想得到它。从一开始，他就不断地讨好白牙，可是白牙理都不理他，或者龇着牙吓唬他。直觉告诉它，这不是一个好人。它仿佛看到了他肮脏扭曲的内心，感觉到了他的恶意。它恨这个丑陋的家伙！

"美男子"史密斯没有因为白牙讨厌他就知趣地走开，反而开始拜访灰海獭。那天，白牙正在营地里舒舒服服地躺着，听到有脚步声从很远处传来，它就知道那个讨厌的家伙来了，就赶紧站起来。当"美男子"刚一进来，它就偷偷地溜走了。它不知道他们谈了什么，但看到他和自己的主人站在一起。还用手指了指它，它情不自禁地冲着他吼了一声。"美男子"笑了起来，这让它很生气，转身走了。

灰海獭怎么可能卖白牙呢？现在，他做生意发了财，不会为了史密斯开出的价格心动，更何况白牙是一只难得的好狗。

"它是所有雪橇狗中最有力气的，而且是最好的雪橇队长。"灰海獭得意地说，"麦肯滋河和育空河流域没有哪只狗是它的对手，它咬死它们就像人类捏死一只蚂蚁那么容易……"

"美男子"听着，伸长的舌头不时地舔舐着薄薄的嘴唇，眼里放射着贪婪的光。【■神态描写：通过神态描写，形象地表现了史密斯阴暗的心理和对白牙的渴望。】他没有说话，只是诡秘地笑了笑，就转身走了。

虽然灰海獭不卖，但"美男子"怎么可能放弃呢？从那时起，他就经常拜访灰海獭，总是会带着一瓶威士忌或者其他的酒。他太了解印第安人了。却绝口不提买白牙的事。

威士忌是容易让人上瘾的，在第一杯威士忌下肚后，灰海獭就对这种火辣辣的汁液痴迷起来。他的胃里渴望着越来越多这样液体的刺激。酒没有免费的，卖皮货赚的钱开始大量流失，口袋越来越干瘪，脾气也越来越暴躁，以至最后，他只剩下了酒瘾和白牙。

这时，"美男子"再次出现了，重新提起买白牙的事情。这次谈的不是要多少钱，而是需要多少酒。听到有酒，灰海獭立即两眼放光。

"你自己逮吧，逮住就带走。"灰海獭说。

史密斯脸上乐开了花，可是很快就发现那是不可能的。他想捉住白牙，只能在梦里。

两天后，"美男子"带来了酒。他拿起一瓶，在手里晃了晃，瓶里发出哗啦哗啦的响声。"你去逮住它。"他命令道。

一天夜里，白牙悄悄地溜回营地。那个可恶的白人没来，它松了一口气。几天以来，那个家伙一直想抓住它，它不敢回来。虽然不知道他会怎么来对付它，但是有一点白牙很明白，那样的一双手，是绝对做不出好事情来的。

可是刚躺下，灰海獭一身酒气，跌跌撞撞地朝它走来，用一根皮带套住了它。他一手牵着皮带，一手握着酒瓶，不时地往嘴里灌着。

白牙惶恐起来，不知道主人要做什么，但也不敢挣扎，只是焦虑地看着灰海獭。大约过了有一个小时，一阵急促的脚步声由远及近。白牙紧张起来，它不住地抬头瞅瞅，想从主人那里得到安慰，可是他依旧不断地往嘴里灌着。它试着挣脱，但一度放松了的手重新攥紧了。白牙<u>不知所措</u>。【成语：简洁的成语形象地表现了白牙害怕又无奈的心情。】

"美男子"史密斯快步地冲进来，激动的神情让他显得更加丑陋。他径直走到白牙身边，伸出一只手想抚摸它的头，他要表示自己作为新主人的仁慈。白牙讨厌他，更讨厌人摸它的头。它低声叫了一声，表达自己的不高兴。可是那只手并没有停下来的意思，这让它愤怒起来，呼吸急促，叫声尖细，两眼死死地盯着他。在那只手就要落到它头上的一刹那，<u>它探头，张嘴，狠狠地咬了下去</u>。【动作描写："探头""张嘴""咬"等动词准确地表现了白牙对史密斯的厌恶之情。】"美男子"急速把手缩了回来，吓出了一身冷汗。他生气地出去了。灰海獭的巴掌重重地落在它头上，它又老老实实地趴下了。

一会儿，"美男子"史密斯又回来了，手里拿着一根大棒。他接过灰海獭手里的皮带，拽着白牙就走。白牙拼命地向后缩着，皮带拉得紧紧的。史密斯挥着大棒，左右开弓地抽打它。它站起来，猛地一蹿，扑向了史密斯。但他并没有躲，而是抡起圆大棒，狠狠地朝白牙打了过去。白牙无处躲闪，咕咚一声从空中摔在地上。灰海獭醉醺醺地笑了起来。史密斯又拉皮带，白牙踉踉跄跄地站了起来。

它没有再扑向史密斯，那一棒已经让它明白了一个事实，这个可恶的家伙是个舞棒的老手，再扑只能是自讨苦吃。于是，它耷拉下尾巴，垂头丧气地跟着史密斯走了。

回到堡里，史密斯拴好白牙，心满意足地回屋睡了。等他睡熟了，白牙开始咬皮带，总共用了十秒钟，皮带就被它咬断了，断口像刀割一样整齐。它对着育空堡狠狠地叫了两声，就向灰海獭的营地跑去。它是灰海獭的财产，没有必要对一个阴险毒辣的家伙忠诚。

可是旧主人并不欢迎它，而是重新给它套上皮带，天一亮就又送了回去。结果，那个残暴的家伙狠狠地又打了它一顿，而且是棍子和鞭子一起上阵，它从来没有挨过这样的毒打。而它对其忠诚的旧主人，在一旁漠然地站着，【📖神态描写：表现了旧主人在酒精的控制下，变得麻木了的情形。】没有一句反对的话。

"美男子"很会打狗，他以此为乐。看着白牙满地打滚、痛苦哀号的样子，他兴奋得两眼放光。在人世间，他地位卑微，胆小怕事，没有任何值得骄傲的东西。强者的一声吼都会让他胆战心惊，这种内心的恐惧变成恶毒的仇恨，却又无处发泄，只能发泄到动物身上。从更弱者身上，寻找强者的感觉。遇到这样变态的主人，白牙没有好日子过了。

其实，白牙也明白，挨打是因为违背了两个主人的意愿。当灰海獭把皮带递到"美男子"手中时，它就知道它的主人换了，这样的事情它见过，也见过逃离新主人挨打的场景。但是它的本性中有比理智更强大的东西，忠诚就是其中之一，忠诚让它宁愿冒挨打的疼痛也要回到旧主人那里。这是不以它的意志为转移的。

挨完打的白牙被拖了回去。这次史密斯用棍子拴住了它，但白牙并没有放弃。尽管灰海獭背叛它、抛弃它，它并不在意，仍然忘不了他。夜深人静的时候，它又开始咬脖子上的木棍。这是一根风干了的木棍，紧紧地夹住了它的脖子，很难咬到。它拼命缩着脖子，才勉强咬着。经过几个小时的努力，才把木棍咬断。从来没有人听说过这样的事情，白牙却做到了。黎明时分，带着一段木头的白牙跑回了灰海獭的帐篷。

　　面对背叛了自己两次的人，白牙继续着自己的忠诚，也继续着挨打的命运。灰海獭木然地站在一旁，并没有过来保护它的意思——那不是他的狗了。

　　这次比以前都要严重，若是换了南方那些娇气的狗，早就被打死了。可是白牙是在无比严酷的环境中长大的，生命力无比顽强。尽管这样，这次毒打还是让它难以承受，趴在地上奄奄一息。史密斯无奈，只好等了它半个多小时，它才站起来，茫然地回到育空堡。这次，"美男子"用了一条铁链子套住它，钉到了木桩上。它疯狂地左冲右撞，却一点用处也没有。

　　几天后，灰海獭酒醒了，发现自己已经破产，只好独自一人，伤心地离开了育空堡，回麦肯滋河去了。

　　白牙被留下来，一个心理阴暗的疯子成了它的新主人。它当然不知道什么叫"疯子"，只知道必须服从新主人的意志。

疯狂的年代

现在，"美男子"史密斯实施着一个恐怖的计划。他用铁链把白牙拴在育空堡后面的围栏里，用各种卑劣的手段刺激它、戏弄它，把它折磨得发狂。他很早就发现了白牙的一个秘密——它不能容忍人家笑话自己。所以，在每次暴行的最后，他都会指着白牙狂笑一会儿。这时的白牙，更是暴跳如雷，在栏杆后面向史密斯扑去，可是铁链又把它拽了回去，摔到地上，它再起来，继续扑咬，继续摔倒……

就这样，在"美男子"的暴行下，白牙向着他希望的方向发展着，变成了一个疯狂的魔鬼。由从前只仇恨招惹自己的同类，到仇恨一切动物，包括人类，尤其仇恨"美男子"史密斯。它只要看到史密斯，就会隔着粗粗的栅栏，向他咆哮。

在疯狂的日子里，自由变得遥不可及，直到有一天……

那天和往常没有什么区别。只是围栏外突然多了很多人，乱哄哄的一片嘈杂声。他们围着栅栏，异常兴奋，大声地说着什么。白牙恶狠狠地盯着这些人，明知道不能咬到他们，但还是向前蹿着，它真的想撕扯开他们的喉咙，发泄长久以来的愤怒。这时，史密斯进来了，手里仍然提着棍子。白牙警惕地后退了一步。但是棍子并没有落下来，他还解开了自己脖子上的锁链。白牙疑惑起来，不知道这意味着什么，它不相信这个阴毒的家伙会给自己带好运气，一定是有什么阴谋在等着自己。

门开了，一只狗被推了进来，门又马上关上了。它身体非常强壮，像是一只狼，白牙从来没有见过这样的狗。陌生并没有给白牙带来恐惧，既然不是让自己受尽折磨的木棍，也不是牢固的铁链，就是一只大耳狗，那还犹豫什么呢？<u>奔涌的火山终于找到了出口。</u>【🔍比喻：形象地说明了白牙在史密斯的折磨下愤怒的心情。】它现在只想撕碎对手的喉咙，发泄内心的愤怒。它纵身一跃，一口就咬到了它的脖子，撕裂开一道长长的口子。大耳狗也愤怒了，发出嘶哑的咆哮声，粗壮的身体向白牙撞来，企图把白牙掀翻在地，再咬断白牙的喉咙，像它曾经的战斗那样。可是眼前的狗敏捷极了，忽而跳到这里，忽而跳到那里，让它总是连连扑空，自己却被咬得满身伤痕。这样的事情是它从来没有遇到过的，它更加愤怒了。

　　<u>白牙英勇的表现让围观的人欢声雷动，他们咬紧牙，跺着脚，挥舞着胳膊，兴奋得像要自己也加入战斗。</u>【🏛场景描写：形象地写出了围观的赌徒兴奋异常的情形。】"美男子"更是兴奋，自己很久以来的努力终于获得回报，也为自己的聪明暗自得意。那只大耳狗注定是没有胜利希望的，笨拙的身体，迟缓的动作，即使在往日的白牙面前，也不堪一击，更何况是现在呢？最后，还是史密斯用棍子隔开了它们，算是救了它一命。赌博的人纷纷付钱离去，史密斯晃着钱袋，听着金币叮当作响，不禁<u>喜上眉梢</u>。【✈成语：生动形象地写出了史密斯阴谋得逞时得意洋洋的样子。】

　　现在，白牙不再讨厌栅栏外的人了，它甚至渴望见到他们，他们的到来意味着自己有仗可打，也只有在战斗中，它狂躁的内心才能得到安静。这也就是史密斯卑鄙地折磨它的原因，他的目的达到了。现在，白牙不断地同挑战者战斗，单打独斗的机会越来越少，有时候是三只轮番上阵，有时候是两只一起来，有时候甚至是刚从野外捕捉的大狼。战斗是残酷的，但白牙都挺了过来，总能取得最后的胜利。

　　到了这年的秋天，白牙在这一带已经很有名了，远远近近的人都在知道有一只勇猛善斗的狗，人们都称它为"斗狼"。第一场雪后，河里漂起了冰碴，趁育空河还没有封河，白牙被带上了开往多盛的汽船。

　　在甲板上的铁笼子里，白牙或是大声地咆哮，或是一声不吭地卧着，阴森森的目光不停地打量着周围的人。他们围着它，不住地交头接耳，还用棍子捅它，嘲笑它。它怎么能不恨他们呢？但它从来不会问问自己为什么要恨，它只知道一点，自己可不是为了被人关在铁笼子里才来这个世界上的。

对白牙来说，生活就是地狱。大自然给了它凶恶的本性，人们让它变得疯狂。幸好，大自然还赋予了它另外一种能力，那就是学会适应。在这样暗无天日的日子里，它坚持活了下来，而且精神依旧饱满。只是有一种情况例外，每次看到史密斯，即使他拿着棍子，它也愤怒地嗥叫。如果可能，它一定会撕碎他的。

终于到了多盛，白牙被抬到了岸上。这次它是以"斗狼"的名义来到这里的，目的是做展览品，人们需要付出五角钱才能看到它的模样。人群熙熙攘攘，【☆成语：形象地写出来看白牙的人非常多的情形。】他们为了不让自己的钱白花，绝不肯看着它卧下休息一会儿。那个贪婪的魔鬼，为了吸引更多的观众，也是千方百计地惹它发怒。还有更糟糕的事情：人们把白牙看成恐怖的野兽，把它锁到铁笼子里，这样的环境让它变得更凶恶。这也证明了它顽强的适应能力。

展览不是白牙的全部，它还有一个身份——一个职业斗狗。那不是一个文明之地，人也是野蛮的人。斗狗是当地许多人的爱好。清晨，在野外的树林里，经常会有人组织这样的活动。这时，白牙就会被牵来，和形形色色的狗战斗，直到一方死亡。早年恶劣的生活环境，给了它丰富的战斗经验。它用爪子抓住地面，没有哪只狗能搬倒它，不论它们采用什么样的进攻方式。它还有一个进攻利器——闪电般的速度——让它在战斗中占了便宜，这是其他的狗见都没有见过的。它还有一个优势——进攻从不犹豫，不像一般的狗，在进攻时总先汪汪叫唤几声。战斗的过程往往出人意料，在还没有明白怎么回事时，其他的狗就已经被咬断了喉咙，倒在了地上。它的名气越来越大，人们争相传诵。亲眼看它失败一次成了他们最大的愿望，可是白牙总是让他们乘兴而来，败兴而归。

日子就这样流逝着，没有悬念的战斗让观众失去了兴趣，人们不愿再看它与狗斗了。为了吸引更多的观众，获得金钱，"美男子"不得不安排它和狼斗，有一次还弄来一只雌性大山猫。这是一次最凶险的战斗，白牙差点儿丢了命，因为同山猫相比，它没有什么优势可言。

这次之后，白牙没有了战斗可参加。谁还会傻乎乎地送一只狗来参加没有希望的战斗呢？白牙只能当展览品，这样的生活一直延续到第二年的春天。

一天，多盛来了一个叫蒂姆·基南的开赌场的人。他给克朗代克地区带来了第一只牛头犬。已经无聊很久的人又重新兴奋起来，牛头犬和白牙的战斗成了水到渠成的事情。那几天，这场斗狗成了人们最好的谈资。

战斗如约开始。卸下铁链的白牙并没有立即冲上去。它静静地站在一边，好奇地打量着这个陌生的家伙：身材短小，个子不高，走路蹒跚。"这是个什么东西，没有见过这样的狗呀？"它满是疑惑，但也没有放松警惕。

"上，"蒂姆·基南说着，把牛头犬推了上去。

人们已经习惯了白牙的胜利，要是能看到它失败，那是多么让人兴奋的事情呀！

"上，切洛基！上。"

"撕碎它，切洛基！"

"吃了它！"

……【📖语言描写：生动地表现了那些赌徒希望白牙战败的扭曲心理。】

人们歇斯底里地喊着，可是切洛基并没有像人们想象的那样冲上去，它似乎不愿参加这场斗争。它回头看看呐喊的人们，不好意思地眨眨眼，悠闲自得地摆着粗短的尾巴。它不是害怕，而是懒得和眼前的这个家伙斗，它有点瞧不起白牙。

蒂姆·基南走了上去，从后向前搓着它的脊背，把它微微向前推着。这个动作让切洛基很不舒服，喉咙里发出呼噜呼噜的叫声。叫声和着蒂姆·基南的动作，切洛基渐渐兴奋起来。白牙在一旁看着，颈和背上的毛禁不住耸立起来。

最后，蒂姆·基南忽地停下来，往前一推，牛头犬顺势走了上去。

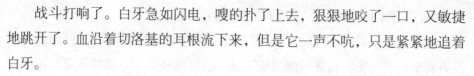

战斗打响了。白牙急如闪电，嗖的扑了上去，狠狠地咬了一口，又敏捷地跳开了。血沿着切洛基的耳根流下来，但是它一声不吭，只是紧紧地追着白牙。

人群沸腾开了。不断地增加赌码。白牙不断地跳跃着，快速地冲上来，咬完就跑，没有丝毫受伤。对手仍然紧跟它，步伐丝毫不乱。

场地上，切洛基的血星星点点。白牙越来越疑惑。它没有见过这样的狗，身上软软的，滑滑的，像是刚出生一样。没有厚厚的毛，它一口就能咬进肉里去。可是，切洛基却不吭声。它好像毫不在意，似乎一点疼痛感也没有，只是锲而不舍地追着白牙。【成语：准确精炼地写出了切洛基在白牙不断的进攻下，目标明确，毫不慌乱的特点。】

困惑的还不只白牙，切洛基同样不解。它的速度并不慢，拐弯、转身也非常灵活，可就是咬不到白牙。以前，它跟许多狗战斗，没有一只像眼前的这只一样，从不让自己靠近，而是咬了就跑。从不和自己缠斗。它却不知道，这是白牙最忌讳的斗争方式，长时间和对手缠在一起，它可受不了。

切洛基已经是鲜血淋漓，可是白牙始终咬不到它柔软的喉咙，这让它没有办法快速地结束战斗。对手不但矮，而且下巴又厚又大，这让白牙无从下口，屡次尝试都无功而返。

切洛基身上的伤越来越多，鲜血汩汩地流着，却并不急躁，也没有泄气的样子，步伐依旧坚实。只是有一回，它心里好像一时糊涂，冲着人群眨眨眼，好像在问，"这样打下去，还有意义吗？"白牙看到了机会，蹭地蹿上来，一口就咬到了破布似的耳朵。切洛基清醒过来，又怒气冲冲地追了上去。眼见就要咬到了，白牙又突然掉头跑了回去。精彩的动作，让人群欢呼起来。

白牙的闪电式进攻，让牛头犬防不胜防，却无法将其击退。于是它又想把它摔倒。可是牛头犬重心太低，白牙三番五次的努力都成了泡影。它不断地变化进攻方式，终于抓到一个机会。当时牛头犬转头不及时，整个身体暴露在白牙面前，被白牙一口咬住。但它身体太高了，又过于急切，一下子从

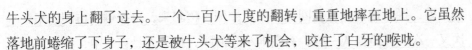

牛头犬的身上翻了过去。一个一百八十度的翻转，重重地摔在地上。它虽然落地前蜷缩了下身子，还是被牛头犬等来了机会，咬住了白牙的喉咙。

幸运的是，这一口咬得不准，几乎咬着了胸口。否则，白牙的历史就结束了。

白牙一蹿而起，竭尽全力地想甩掉牛头犬。切洛基怎么可能轻易松开呢？它忍受着白牙一次次的撕咬，就是为了等这个时刻呀！它把身体死死地贴着白牙，使它没有办法动弹。白牙简直疯了。它好像掉到了一个枯井里，一时不知所措。所有的经验智慧都离它而去，脑海里一片茫然。【🖎比喻：用"掉到了一个枯井里"来比喻此时的白牙，说明它有劲儿使不出的迷茫状态，形象生动。】

它渴望生存，只知道动才有希望，才能证明它还活着。它拖着沉重的敌人，在场地中，一圈又一圈，不停地奔跑。牛头犬绝不松口，任由白牙跑来跑去。偶尔它也想贴着白牙走几步，可是一会儿就失去了平衡，又被拖倒在地上。但它明白一点，对手的疯狂，证明了自己做的是对的。

白牙精疲力竭了，不得不停下来。眼前的困境是它从来没有遇到过的，它感到空前紧张。

它微侧着倒在地上，呼呼地喘着气。但求生的欲望支撑着它努力地抬起头，不至于被对手彻底地拱倒。恐惧突然袭来，敌人的牙齿在一点一点地向上移动着，和咀嚼东西的动作一样。敌人的目的非常明确，有机会就挪动牙齿，没有就咬住不放。它感到了死亡在逼近。它现在只能撕咬敌人的脖子和肩膀衔接的地方。可是形势更加糟糕了，切洛基将它拱翻在地。顺势骑到它肚子上。意识到问题严重的白牙弓起身体，蹬向它的肚子，又落空了，切洛基迅速地跳到一边。

战斗的结果就在眼前，把赌注押在切洛基上的人们兴高采烈。另外的却垂头丧气，只有一个例外，那就是"美男子"史密斯。他跳进赛场，指点着白牙，大声地嘲笑起来。这是白牙最难忍受的，它的胸膛似乎要炸了，它鼓起全身的力气，艰难地站起来。没有了智慧，它只剩下生存的欲望，变得惶恐不安，拼命地奔跑，一圈又一圈。摔倒，爬起来，再摔倒，再爬起来，一次又一次。甚至像人一样，高高地举起前腿，把敌人悬在空中，死命地想甩开粘在身上的死神，但一切都是徒劳。最后，它再也没有了一丝力气，扑通一声倒在地上，只剩下呼呼的喘气声。切洛基又立即向前移动牙齿，紧紧地卡住了它的喉咙。【📖场景描写：细致入微的场面描写真实形象地表现了赌徒的疯狂、史密斯的残忍，还有白牙的绝望。】

赌徒们疯狂了，高声呼喊着"切洛基，切洛基……"声音此起彼伏。切洛基不停地摇动着尾巴，呼应着人们的赞扬。

死神在一步步地逼近白牙，似乎这就是白牙最后的归宿。这样的归宿不禁让善良的人们叹息生活的冷酷无情。

绝处逢生

这时，一阵清脆的铃声由远及近，这引起了观众的注意，人们担心警察来了，很不安地转头望去。远方，一架雪橇载着两个人飞驰而来。很明显，他们是从矿区来的淘金者。

白牙差不多放弃了抗争。留给它的时间越来越少了，死神的脚步声越来越清晰。切洛基第一口咬得太远，用了很久，才把牙齿移动到白牙的喉咙，因此嘴里也塞满了皮毛，舒缓了牙齿的力量。

现在，史密斯知道，一切都完了，白牙已经难逃一劫。于是，这个疯狂的赌徒冲了上去，用皮靴野蛮地踢着奄奄一息的白牙。【🎞动作描写："冲""踢"两个动作，真实地表现了史密斯看到白牙败局已定时的绝望心情和狠毒的性格。】人群中发出鄙夷的嘘声和抗议声，但没有人阻止他。那两个新来的年轻人左冲右撞地挤进来，正看到史密斯将全身的力量集中到一只脚上，准备再次狠命地踢向白牙。其中的一个一拳打了过去，重重地落在他丑陋的脸上。史密斯嗷的一声惨叫，身体早已飞了出去，重重地摔在了雪地上。

小伙子转过身，愤怒地向着围观的人喊到："畜生，疯子，无耻的东西！"灰色的眼睛闪着犹如金属般的光泽，因热血沸腾的缘故而满面红光，眼睛逼视着骚动的人群。

史密斯从地上爬起来，嘴里不停地咕哝着什么，向小伙子走来。小伙子当然不知道这个家伙的本性，他只知道他是一个没有人性的家伙，不然，他不会那样对待自己的狗。这样的人是睚眦必报的，【🐾成语：言简意赅地写出了史密斯心胸狭小、心狠手辣的性格。】怎么能咽下这口气呢。他一定是上来拼命的。于是又一拳落到史密斯的脸上。这次比上次要严重得多，史密斯仰面朝天倒在地上，不知道自己该站起来呢，还是应该不动，最后还是感觉躺着更安全些。他害怕了。

看史密斯不再起来，年轻人冲着另一个喊："马特，快过来帮忙。"

两个人蹲到缠在一起的两只狗前。马特抓住了白牙，等着切洛基一松动牙齿，就把它救出来。那个年轻人抓着切洛基的嘴巴，使劲地掰着，扭着，嘴里不停地诅咒着："畜生，松开，松开……"

赌徒们不愿意了，有的开始抗议，"不要捣乱，不要捣乱。"那个年轻人猛地回头，狠狠地瞪了一眼，人群顿时安静下来。

"混蛋，没有人性的东西。"他粗俗地骂了一句，继续弄狗去了。

"这不行，斯科特先生，这样做是救不了这条可怜的狗的，我们要另外想办法。"马特说。

他们停下来，围着狗转了两圈，琢磨着破解之道。

"还好，还有希望，血流得不是很多，应该没有伤到主动脉。"马特说。

"是的，可是也快了，快看，它又向上移动了一点。"

斯科特怜悯地看看白牙，又狠狠地打了切洛基一拳。切洛基只是摇摇尾巴，一点放松的意思也没有。

"你们难道不能过来帮帮忙吗？"他声嘶力竭地喊道。"难道就这样看着它死去吗？"

哄的一声，赌徒们幸灾乐祸地笑起来。一个也没有出来响应。

"要是有个什么东西撬就好了。"马特说。

"什么东西撬？"斯科特沉吟了一下，从屁股后面把枪抽了出来，捅到切洛基的嘴里，希望从牙缝里塞进去。清晰的铛铛声不断地传来，切洛基只抽了抽鼻子。

蒂姆·基南大踏步走上来，站到斯科特背后，拍拍他的肩膀威胁道："那样会弄坏它的牙的，年轻人。"

"要不我拧断它的脖子。"斯科特一边撬，一边没有好气地说。

"我已经说过，那样会撬坏它的牙的。"蒂姆·基南加重了口气说。

斯科特对他的威胁毫不在意，一边尝试着，一边冷冷地问了一句："你的狗？"

这个赌场老板哼了一身，一副不屑回答的样子。

"那就快过来把你的死狗拉开。"

"先生，我真的很想告诉你怎么办。"他用嘲弄的口吻得意地说，"可是到现在为止，还没有发现解决的办法。也许以后会有的，等那时再给你说吧。"【🏠语言描写：形象地刻画出蒂姆·基南得意的神态和残忍的性格。】

"那就滚到一边，别烦我。"

蒂姆·基南已经感觉到来人不一般，自己可能得罪不起，吓得不敢说话了，但也不愿意走开，在一旁冷眼看着。斯科特也懒得理会它，把枪管从一边捅到另一边，小心地撬着。切洛基一点一点地松开了牙齿，白牙血肉模糊的脖子被拉了出来。

"带走你的狗。"斯科特命令着。

蒂姆·基南慌忙弯下腰，紧紧抓住递过来的切洛基。

白牙绝处逢生，从死神的嘴里被拉了回来。它努力地想站起来，可是接连几次努力都成了泡影。只有一次勉强弓起身子，又马上瘫倒在地。它半张着嘴，舌头软绵绵地耷拉着，又脏又湿，眼里失去了往日的神采，眼珠偶尔才转动一下，表明那还是一个活物。【🏠神态描写：通过对白牙神态的刻画，形象地展现了白牙经历这次战斗后垂死的状态。】谁会想到这就是曾经战无不胜的"斗狼"——白牙呢！

"再深一点，就完全咬透了。"马特仔细地检查了下伤口说，"现在看还有希望。"

"一只最好的雪橇狗值多少？"斯科特沉思了一下问。

"也就三百块。"马特估算了一下回答。

"那一只快要死的呢，就像这个？"斯科特轻轻地拨了下地上的白牙。

"减半，到顶了。"

斯科特转向史密斯。

"听到了吗，你这个畜生？我要带走这只狗，给你一百五十块钱。"边说边掏出钱包数钱。

史密斯畏畏缩缩地向前走了一步，想看看地上的白牙。他听到此言，忙把手背到身后，抬眼望着斯科特，紧张地说：

"我不卖。"

"你不卖也得卖。"斯科特轻蔑地说，"因为是我要买，快拿好你的钱，狗我带走。"语气不容置疑。

史密斯不知好歹地后退着。

斯科特一跨步跟上去，高高地举起了拳头。史密斯两手抱头，结结巴巴地说：

"可是——可是我有权利不卖呀，——那是——我的狗。"

"你已经没有资格占有它了，你不配。"斯科特鄙夷地说。"还不拿着钱，等挨打吗？"

"拿，拿……"史密斯忙不迭地说，"但这不是我自愿的，我要抗议，我可不想我的摇钱树被人掠夺。每个人都有这样的权利。"

"你说得很对，"斯科特一边把钱递过去，一边说，"可是你不是人，你是畜生。"

"走着瞧，等到了多盛咱再算账。"史密斯心虚地威胁到。

"你要是敢多说一个字，你就准备一辈子也别回来了。"斯科特轻蔑地说，"你明白吗？"

史密斯咕噜了一下，也不知道说了什么。

"明白吗？"斯科特大吼一声。吓得史密斯哆嗦了一下。

"明白了。"史密斯彻底失去了底气，惊恐地说。

"再说一边，大声点儿。"斯科特命令道。

"明白了，先生。"【🔖语言描写：真实地展现了史密斯越来越虚弱的内心，这是他对强者恐惧、对弱者欺凌这一丑恶嘴脸的揭示。】史密斯扯着嗓门喊。一副丑陋的脸变了形，显得更丑陋了。

"留神，先生，它会咬人的。"不知谁插了一句，引来人们一阵哄笑。

斯科特并不理会大家，转身回到给白牙包扎的马特身边。

已经没有什么可看的了，人群慢慢地散开。剩下的几个闲人三三两两地站在一边聊天。蒂姆·基南就是其中的一个。

"那个家伙是谁？"他向周围的人打听道。

"威登·斯科特。"有人回答说。

"威登·斯科特是谁，怎么这样跛扈？"

"你竟然连他都不知道？他可是最有名的采矿专家。那些大人物都和他有交情。听我的劝，你要是还想在这里混，就别招惹他。"

"我就知道他不一般，幸好我聪明，没有让他不高兴。"蒂姆·基南安慰自己道。

他的话招来了一顿白眼，没有人再理他了。

强健的身体再一次帮助了白牙，它伤势恢复得很快，不长时间，它已经能自由活动了。

那天，天气很好，阳光暖暖地照耀大地。斯科特和马特都站在院子里，看着不远处的白牙。它正鬃毛耸立，露着白白的牙齿，在那里狂吠着。脖子上的铁链被拉得紧紧的，试图扑向前面的狗群。【🔖动作描写：生动形象地展现了从死亡边缘逃回来的白牙对世间一切的痛恨之情。】那些狗没有什么反应，不是因为它们害怕陌生的家伙，是因为马特用手里的大棒给它们好好地上了一课。它们现在呆在一边，不去理会这个发疯的家伙。

"真的是白费力气了，它就是一只狼，驯服不了的！"斯科特失望地说。

"你这么说，我可不同意。"马特反驳说，"它应该不是纯正的狼，多少有狗的血统。最重要的是，它曾经被驯服过。"

"驯服过？不会吧，你怎么知道？"斯科特有点怀疑。

"你看着，"马特指着白牙的胸膛说，"你看见那里的痕迹了么？它带过挽具，做过雪橇狗。"

斯科特仔细地看了一会儿说："你说得对，它在到史密斯手里之前，是一只雪橇狗。"

"它一定还能变成一只雪橇狗。"马特信心十足地说。

"你想到办法了吗？"斯科特急切地问。他又接着摇摇头说："都两个星期了，可它野性更强了。"

"再等等看，"马特笑着说，"要不给它点自由？"

斯科特很疑惑地看着马特，似乎没有明白他的意思。

"我知道你已经试过了，"马特笑起来，"可是你忘了拿棍子。"

"那你试试吧。"斯科特无奈地说。

马特提着根棍子走到白牙面前。白牙不再狂吠，眼睛紧张地盯着他手里的棍子。

"先生，你注意到它的眼神了没有？"马特说，"这是个好信息。这个家伙很清楚棍子的意义。它还没有疯到不知死活的地步。"

马特用另一只手慢慢地接近白牙。在快要摸到它的头时，它轻轻地发出了一声咆哮，卧倒在地上，眼睛不停地观察着伸过来的手和另一只手里的棍子。马特轻松地把它脖子上的铁链退了下来。

白牙自由了。跟了史密斯那么长时间，只有在斗狗的时候才会有这样的一点自由。战斗一结束，又会马上被套上。它很疑惑，不知道眼前的这个人要耍什么花招。它试探着走了几步，随时准备着被袭击。可是想象中的事情并没有发生。它就又向前走，走到墙角处，又折了回来，还是没有事情发生。它盯着那两个人的脸，有点不知所措了。

"它会不会逃跑呢？"斯科特问道。

"只有老天才知道，我们也只好冒点险了。"

"可怜的东西，"斯科特说，"它现在真的需要人类的怜悯。"

他说着转身回屋了。

再出来时，斯科特手里多了一块肉。他小心地把肉扔给了白牙。它却突然跳开了，站在远处机警地看着。

"喂喂，梅吉！站住！"马特大喝一声，可是太晚了。

一只狗奔向那块肉，张嘴就咬。白牙猛地跳过去，一口就咬到它脖子上，把它摔到地上。梅吉摇摇晃晃地站起来，鲜血顺着脖子涌了出来，瞬间把地上的雪浸染了一大片。

"不长眼的东西，活该！"斯科特有点生气地说。

马特气坏了，飞起一脚踢向了白牙。白牙敏捷地一跳，一口就咬到了他的脚上，自己也跌跌撞撞地倒退了好几步，站在一边，嗷嗷地叫着。马特低头查看自己的腿：裤子被咬透了，鲜血洇湿了裤脚。

"看来真的不好办，马特。"斯科特有些沮丧地说，"这个家伙是没有希望了，也只有这么做了。"斯科特说着，从身后抽出手枪，打开枪膛看了看，又合上了——子弹满满的。他举起来，又放下，又举起。

"先生，再给它一次机会吧！"马特劝说道，"毕竟，它是从地狱逃回来的，我们也不能指望它是个天使呀。也许过一段时间会好的。"

"可是——你看看梅吉。"斯科特很是无奈。

雪地上，那只被咬伤的狗已经奄奄一息，周围是一滩殷红的血。

"可是——，你也说了，它是活该，先生。"马特还在继续为白牙辩护。"如果一只狗在自己的肉被抢时无动于衷，那样的狗我肯定是看不上的。"

"看看你自己好了，马特。咬了狗就咬了吧，还敢咬人，这样的狗还能要吗？"

"我也是活该，"马特说，"是我先冒犯了它，这是不应该的。"

"就怕它是无法重新驯服的了，还是打死算了。"斯科特坚持说，但语气明显缓和了很多。

"我说，先生，就再给它一次机会好了。从死神那里回来，这是第一次没有铁链的束缚，它肯定还不适应。"马特还在努力着，"你看这样好吧？这次原谅它，要是再不改，我一定亲手打死它。"

"上帝也知道，其实我真不想杀它，可也不想它被别人杀死，"斯科特收起枪，"让它自由地活动活动吧，但愿我们的善心能够感化它。让我来试一试。"他说着走向了白牙，温柔地和它说话。

"你最好带上棍子。"马特提醒道。

斯科特摇着头，继续接近白牙，希望能建立起信任关系。

白牙在揣摩着这个举动的含义。"一定有什么事情要发生，"它想，"我刚咬死了他的狗，怎么可能不受到惩罚呢？不会有这样的主人的。"

【🐘心理描写：真实地写出了白牙对新主人不信任的心理状态。】它撑着前腿，蹬着后腿，龇着锋利的牙，眼睛不住地转来转去，一副随时准备进攻的样子。

白牙并没有进攻，它在忍着性子，看着斯科特慢慢地靠近。毕竟，斯科特手里没有棍子。他伸出来一只手，向白牙头顶摸去。它全身缩成一团，鬃毛陡然立起。它太了解人的手了，灵巧又残忍。它讨厌人用手摸它。它低声咆哮，警告着眼前的人，身体继续下缩着。

白牙并不想伤害这只手，除非它威胁到自己的生命。斯科特的手也继续向下摸，它野性大发，一张嘴就咬了出去。只听到斯科特惊叫一声，就用另外一只手紧紧握住了被咬的手，鲜血从指缝里滴了下来。白牙龇着牙，不住地后退着，眼里马上露出凶恶的光芒。

"你想干什么，马特？"受伤的斯科特咬着牙，脸上露出痛苦的表情。他突然发现马特跑回屋里拿出了一杆枪。

"没什么，"马特很随意地说，"我只是说到做到，我要结果了它。"

"停，停，"斯科特连忙说，"你不能杀它。你说过要给它一个机会的，就给它呀。现在刚开始，我们怎么能放弃呢？这回是我活该。你看它那样子。"

白牙躲在远远的房角处，惊恐地叫着。很明显，它不是冲着斯科特，而是马特。

"天哪！"马特惊奇地喊起来。

"多聪明的家伙呀！"斯科特接着说，"它竟然知道枪的用处。马特，这么聪明的狗，我们是不是该给它个机会呢？"

"那好吧，不杀它了。"马特把枪随手放到柴堆上。

"啊，快看呀，它不叫了。"他喊起来。

白牙已然安静下来。

"哈哈哈，这是件有意思的事情。"马特笑起来，于是又去拿枪，白牙叫起来。而他一放下枪，白牙就闭上嘴。

"真是个聪明的家伙！"马特不禁赞叹起来，"让我来逗逗它。"

他拿起枪，慢慢托到肩上，做出瞄准射击的架势。不出意料，随着马特的动作，白牙的叫声越来越高，最后跳到了墙角边上，惊恐地看着马特。

马特站在雪地里，惊得目瞪口呆。他郑重地放下枪，转过头去对他的主人说："你是对的，先生，这么聪明的狗是不能杀的，绝对不能！"

神性的光辉

第二天仍然是个好天气。没有了铁链束缚的白牙获得了难得的自由和清闲。它静静地卧在地上，沐浴在温暖的阳光里，感到从未有过的满足。

这时，斯科特走了过来。他的手已经被咬了一整天了，现在包着纱布，被吊在脖子上。白牙警觉地跳开了，它有过被秋后算账的经验，担心这样的故事就要重演——它咬的是神圣不可侵犯的人呀。它呜呜地叫着，像是在向他宣布：没有什么惩罚能让我屈服的。

可是那个人并没有被它的吼叫吓倒，继续走到离它只有两三码的地方坐下来。当然，它想象中的惩罚也没有来临。白牙并没有感觉到什么危险：没有棍子，也没有鞭子，自己可以灵活地活动。它琢磨着，"还是等等再说吧，反正我可以随时跑开。"【🔖心理描写：真实地反映了白牙虽然没有感觉到危险，但还是对新主人放心不下的心理。】

那人稳稳地坐在那里，一直没有动，也看不出有什么恶意。白牙也注视着他，渐渐停止了低沉的吼叫，变成了呜呜声，最后呜呜声也在喉咙里消失了。主人一点敌视的举动也没有，开始跟它说话。他的声音平静、温和，还充满了爱怜。这是它一生从没有过的。那温柔的口吻，像春风吹拂到心里，自己仿佛回到了小河边树林旁那个温馨的洞穴里。这在无形中感化了白牙。尽管它还心存疑虑，但还是对眼前这个不一样的主人有了好感。它对曾经主人的深刻记忆，都和惩罚有关，都伴随着屈辱和疼痛。现在不一样，它开始有了一种从未有过的安全感。

他们就这样交流着，彼此用着听不懂的语言，却都感到了对方的诚意。许久，主人站起来，向屋里走去。这让白牙的心又悬起来——那里有让它害怕的枪呀！它紧张地注视着他的举动。可是主人再出来时，手里既没有棍子，也没有皮鞭，更没有枪，而是用那只没有受伤的手，托着一块肉，坐回原来的地方，把肉送到了它的鼻子前。白牙不明所以，警觉地立起耳朵。它看看肉——肉是那样鲜美；看看主人——主人依旧温和。

它又困惑了。在它的记忆里，肉是顶好的东西，应该和奖励联系在一起。可是自己做过的事情，怎么可能那么快被忘记呢？更何况是咬了神圣的人的身体。主人那只受伤的手还正吊在脖子上呢。这不可能，不可能有咬了主人还会得到肉的事情，一定有什么阴谋。它内心激烈地挣扎着。

过了很久，想象中的惩罚仍然没有来临。主人不断地把肉送过来，可是在这种状况下，它怎么可能吃呢？吃了不应该吃的肉，往往会带来很大的麻烦。最后，斯科特把肉扔到白牙眼前的雪地上。它低头闻了闻，眼睛却没有离开主人。主人还是和蔼地看着它。它也真的饿了，肉香早就让它饥肠辘辘。【△成语：形象地写出了在肉的诱惑下白牙感觉更加饥饿的情形。】于是它叼起肉吃了。世界依旧是风和日丽，没有什么事情发生。只是啪的一声轻响，又有一块肉掉到了眼前。这次，它没有犹豫，立马叼到了嘴里。就这样，它一连吃了好几块。

肉的味道好极了，现在它感觉更饿了。主人却不扔了，而是把肉托在手里，微笑着等着它过去吃。它一点一点地向前蹭，机警地观察着动静。终于，它决定从主人的手上吃肉了。绷着腿，探着头，耷着毛，眼睛盯着主人，嘴唇触到了肉。它又吃到了，还是没有事发生！接着是第二块，第三块……

主人又开始说话了，声音依旧温和。<u>白牙认真地听着，内心升腾起美妙的感觉。这样的感觉从来没有过。那是一种空虚了很久，也等待了很久，终于得到的充实的幸福。</u>【☐心理描写：形象生动地写出了白牙听到主人说话时的内心感受，以及开始慢慢地被主人感化的情形。】它有点陶醉在其中了。本能又在提醒它：人都是狡猾的，他们的手段难以预料。

斯科特的手又伸了过来，这次却没有肉，当然也没有其他的东西，就是一只空空的手。"似乎没有什么危险。"白牙琢磨着。但仍然没有放松警惕，人的手是危险的，这个它非常清楚。但主人依旧在跟它说着话，柔和的语调让它感到安慰。信任与敌视，两种感情纠结在一起，白牙内心激烈地冲突着。最后，它妥协了。耷拉着耳朵，耸立起鬃毛，低声地呜呜地叫着，表示自己不喜欢那样对待自己的方式。它激烈地反抗，却没有逃跑。主人的手越来越近，越来越近，开始触摸到它直立的毛尖了。白牙本能地往下缩着，主人的手也随着往下按。白牙浑身颤抖，那些被手伤害的经历怎么可能从记忆里消失呢？但作为狗，承受主人的意志是理所当然的呀！

那只手还是落到了身上，轻轻地拍了两下，温柔地抚摸着，又重新抬起来，再落下。这样接连重复了好几次。白牙仍然轻轻地哼哼着，警告着眼前抚摸它的人：不要伤害我，不然我会对你不客气的。可是主人的惩罚仍旧没有来，那只手也没有变成老虎钳扼住它的脖子。他一如既往地和它说着话，手还是那样柔和地抚摸着它，还有手指在它耳根的地方轻轻地揉搓着，这让它感到很舒服惬意。

"天哪！"马特这时从屋里出来，看到斯科特在抚摸着白牙，惊叫一声，"难道我看花了眼吗？"

惊叫声打破了和谐的氛围，白牙猛地从斯科特手底撤了回去，冲着马特凶狠地吼叫着。

"先生，如果你不在意的话，我会告诉你一句实话，你是个愚蠢的傻瓜。"

斯科特听了，却自鸣得意起来。他走到白牙的身边，继续抚摸着它的头。

"不错，你是一个一流的矿山专家，可是如果参加马戏团，你会做得更出色！"马特嘟囔着。

白牙听到他说话，又狂叫起来，这次没有往后缩，却有向前跃跃欲试的样子。

这真的是美好的一天，从此，白牙开始了新的生活！白牙认可了斯科特作为自己的主人，它那漂泊的灵魂也找到了归宿。同以往充满仇恨和恐惧不同，斯科特给它的是全新的情感体验。这是一个非同一般的改变。

从前，它刚从荒野里来到人间，只是一只懵懂的狼崽，任何环境都可以按着自己的想法塑造它，结果它成了一只不屈的"斗狼"，凶猛，顽强，又残酷无情。它知道自己喜欢什么，厌恶什么，有了自己的欲望。它已经成型了！

然而，它现在来到了一个新的环境，完全不同以往。斯科特就是这个环境的集中体现。他走到了白牙的灵魂里，用"善良"呵护着它那深埋心底、几乎快要熄灭的火苗，那个火苗被称为"爱"。现在它需要给自己重新选择一个方向。

斯科特站起来。

"嘿，马特，我说过的嘛，生命是不能没有爱的，即使最邪恶的也是这样！"他向不以为然的马特炫耀着，得意之情溢于言表，"我坚信，它会被一点点感化的！"

从那天以后，白牙留了下来，还主动承担了保卫主人财产的任务，工作尽心尽力。当其他的狗都睡熟时，它还会在房子周围徘徊。【 动词：形象逼真地写出了白牙在夜里尽心尽力工作的情景，体现了他对主人的忠心耿耿。】它还学会了分辨夜里的来访者：朋友的脚步很坚定，声音很大；敌人总是蹑手蹑脚，鬼鬼祟祟。对后者，它会毫不客气，勇敢地将其驱赶。

斯科特开始实施一项伟大的救赎工程，决心彻底感化白牙。他要替人类偿还一笔债务，那就是白牙所受的虐待，这笔债是必须要还的。每天，他都会找时间和白牙沟通，用很长的时间拍拍它的头，表示自己的温情和爱怜。

白牙当然不知道什么是爱，也不知道如何表达自己的爱。但是它开始慢慢地喜欢上了主人的拍打，虽然它开始时也很怀疑。但有一个举动它一直没有变，当主人拍它的时候，它一直不停地叫。这对陌生人来说，听了只会毛骨悚然，是无论如何也感觉不到变化的。但对于斯科特就大不一样了，他的爱心让他体会到凶狠后面所遮掩的内容：被爱抚后的惬意。

在这个新的环境里，白牙开始有了一种奇妙的感受，就像它灵魂深处有一个巨大的虚空，急迫地惶恐地呼唤着充实。只有和主人在一起，才能感到安慰和满足。这种感觉越来越强烈，一旦主人离开，它就又回落到那虚空中去。因此，为了见到主人，每天早上，它总是舍弃舒适的窝，选择在门廊下冰冷的石阶上站着，等候主人出来；而夜里听到主人回家的脚步声，它总是立即跳起来，只为听听主人响亮的弹指声和亲切的招呼声。【动词："舍弃""等候""跳起"等动词，生动逼真地写出了白牙对主人的依恋之情。】对它来说，最大的痛苦就是不能和主人在一起。为此，它宁愿舍弃美味的肉。

白牙学会了许多适应新环境的方法。它知道它不能欺负主人的狗，那是主人的财产。同样，它也把马特当成了主人的财产来看待，对他也采取了容忍的态度。当有一天，马特想把挽具套到它脖子上，让它和其他狗一起拉雪橇时，它拒绝了。直到斯科特亲自给它套时，它才明白，马特只是在执行主人的意思，于是就乖乖地接受了——只要是主人的意思，它都会服从。不久，它就发现了，这里的雪橇和以前的雪橇是不同的，狗的队形也不一样。是平行的两队，而不是原来的扇形。在这里，队长就是队长，是队里绝对的领袖，而不是其他狗嫉恨的对象。白牙理所当然地成了队长，因为这里还没有比它更聪明、更强健的狗。

白牙的生活惬意起来，这样的生活一直到了春末夏初。有一天，它发现主人不见了，这真的是不小的打击。开始，它也没有在意。看到主人忙着打点行李，也不知道为什么，但也没有怀疑。可是当天夜里，刮起了呼啸的北风，它躲在小木屋的后面避风，一边朦朦胧胧地打盹，一边竖着耳朵等着主人熟悉的脚步声。一直到了凌晨两点，主人还是没有回来。它急了，跑到门口，卧在冰冷的石阶上等候。

但主人一直没有回来，清早开门的是马特，它也不能从他那里得到关于主人的消息。日子就这样一天天过去了，仍然不见主人的踪影。白牙病倒了。

一天，在另外的一个城市里，斯科特读到马特的来信。在信的末尾，有这样的一些话：

"你得想想办法，现在这个家伙什么活也不干，也不吃东西，整天打不起精神来，别的狗都开始欺负它。这都是想你的缘故，可是我没有办法让它明白你在哪里呀。"

事情就是这样，白牙整天一副失魂落魄的样子，【✂成语：生动地写出了白牙离开主人后沮丧不已的精神状态。】没有了往日的威严。其余的狗可以对它为所欲为，这是不能想象的事情。它一天到晚趴在小木屋里的火炉旁，无论马特用什么样的方法，它都不理会，顶多抬起浑浊的眼睛瞅瞅他，就又耷拉下眼皮。

一天晚上，马特正无所事事地在炉边取暖，忽然听到白牙咕噜了一声，这倒吓了他一跳。白牙接着就站起来，竖起耳朵倾听着。马特很吃惊。一会儿，他听到了门外响起了脚步声。门开了，斯科特快步冲进来。

"狼呢？"斯科特和马特握握手，就急切地问，眼睛急速地在屋内寻找着。

白牙站在火炉旁，没有其他的狗那样见到主人时的亲昵，只是看着，等着。

"天哪！"马特惊呼起来，"你看那狼在摇尾巴呢。你听过吗？"

斯科特呼唤着白牙的名字，走了过去。白牙也向主人走来，眼睛里出现了一种异样的神情——让人无法言说。

斯科特蹲了下来，轻轻地拍打着它，在它耳边温柔地挠着。白牙轻轻地叫唤着，叫声里满溢着幸福的喜悦。这时，在灵魂的深处，有一股强大的力量激荡着，促使着白牙寻找合理的方式来宣泄。突然，它把头依偎到主人的腋下，让主人的手臂搂着自己的脖子。它不再叫唤，把身体融化在主人爱的海洋里。【🏠动作描写：形象生动地写出了白牙又见到主人时幸福无比的样

子。】

斯科特和马特张大了嘴巴，眼里满是激动的泪花。

"这是真的吗？"马特惊呼一声。"我一直认为它有狗的血统，没有错吧。"

主人回来了，还有什么比这更好的事情呢？白牙立刻就有了精神，很快就恢复了健康。只过了一两天，就出门了。现在，那些狗不记得它曾经的威严，只记得它最近的羸弱。白牙可不喜欢这样，一场战斗不可避免地发生了。那群卑鄙的狗四处逃窜，天黑了才一个个灰溜溜地回来，向白牙表示效忠。

自从白牙学会了把头伸到主人的腋下，来表示自己的亲昵之后，它就经常这样做。曾经，它最忌讳一件事，就是有人摸它的头。这是害怕伤害、缺乏信任感的本能体现。现在它把头伸到主人的腋下，就是将自己完完全全地交给了主人。有爱的日子让白牙很快乐。这样的日子并没有延续很久，白牙就感觉到了一股不祥的气氛，隐隐约约地意识到又要有什么重大的事情发生了。

一天晚饭时分，马特突然对斯科特说："你快听！"

门外，一阵低微的哀鸣从门口传来，像是远处飘来的人的呜咽声。

"我想它可能知道你要走了，它在跟踪你呢。"马特说。

"可是我总不能把一只狼带到加利福尼亚去吧！"斯科特满是无奈地说。

"是这样，你带一只狼去那里干什么呢？"马特加重了语气附和道。

"白人的狗遇到它，只有死路一条，"斯科特继续说，"到那时，即使我不因被起诉而破产，当局也会给它处以电刑的。我怎么能看着它死呢？"

"它就是一个杀手，名副其实。"马特说，"这里谁不知道它曾经是只'斗狼'呢？"

"绝对不能带它去南方，绝对不行。"斯科特加重了语气。

"是的，不能带它去。"马特说，"那样的话，你必须专门雇一个人看

171

着它。"

斯科特的疑虑缓解了,点了点头,像是拿定了主意。门外,又响起了低低的呜咽声,打破了夜的宁静。

"如果它也能喜欢我,哪怕是你的一半,也好办多了。"马特叹息道。

分别的日子还是到来了。白牙透过门缝,看到那些让它不喜欢的行李。它已经总结出规律来,每次有这些行李包出现,主人就要出门了。屋里狼藉一片,人们进进出出,没有谁注意它。它已经感觉到了,这次,主人还是不会带着它一起走的。悲哀涌上了它的心头。

夜里,斯科特和马特躺在床上,辗转反侧。【❀成语:形象地写出了斯科特不想离开白牙,又没有什么办法的矛盾心态。】黑夜中传来了白牙悲哀的长嗥声。

"它又不吃了。"马特无奈地说。

斯科特没有说话,只是鼻子哼了一下。

"从上次的情况看,就怕这次它非饿死不可。"马特不无忧虑地说。

"你闭上嘴好不好?"黑暗中传来斯科特不耐烦的喊声,"女人也没有你啰嗦。"

次日一大早,白牙早早地等在门口,它的焦躁越来越明显。只要主人一离开屋子,它就一步不离地跟着,主人回到屋里,它就在门口转来转去,不停地呜呜叫着。它看到屋里除了个皮袋子,还有两个帆布袋子和一个箱子。

又等了一会儿,来了两个印第安人,和马特一起扛走了行李。白牙目送着他们,并没有跟上去——主人还在屋里,这才是最关键的。

不久,马特回来了。主人把白牙喊到屋里。

"可怜的东西,"斯科特用手抚摸着白牙的耳朵和后背,在它的耳边低低地说,"我要去很远很远的地方了。我没法带你一起去。来吧,嗥叫一声,让我们就此分别好吗?"

可是白牙并没有嗥叫,眼里满是渴望的神情,再一次依偎到主人的怀里,微微地喘息着。

"别磨蹭了，时间差不多了。"马特喊道，"别忘了锁前门，我从后面走。"

育空河上传来汽笛声。

"砰"的一声响，前后门同时关上了。斯科特站在门口，等马特绕过来。屋里，传来了呜呜咽咽的声音。

"你一定要照顾好它"，他们在通向河边的路上，斯科特叮嘱马特，"写信的时候不要忘了告诉我它的情况。"

"是的，一定，你放心好了。"马特连连答应着。

身后，白牙的哀号声阵阵传来，消失在空旷的水面上。一声停止，一声又起，凄凉，悲伤。曙光号是那年第一次往外开的汽船。船上挤满了成功的冒险家和失败的淘金者。斯科特正跟马特在船边话别，突然感到马特紧握的手松了下来，眼睛直勾勾地望着自己的身后。他好奇地转头，发现白牙正坐在不远的甲板上看着自己，眼里充满了期望。

"天哪！"他们同时惊叫起来。

"你锁好前门了吗？"马特问。

"当然，你呢？"

"后门肯定锁好了。"马特回答道。

白牙耷拉着耳朵，依旧坐在那里，讨好地望着斯科特。

"得赶紧想办法。"马特说着，朝白牙走去。可是它躲开了。马特追，它就在人群里中钻来钻去，马特怎么也抓不到它。

"过来！"斯科特喊了一声，白牙就乖乖地走了过来。这让马特很不高兴。

"真是白眼狼！"他愤愤地嘟囔着，"一直都是我亲手喂它，追都追不上，你几乎没有喂过它一次，喊一声就过来了。"

斯科特用手拍着白牙，突然发现它身上、鼻子上有新划破的伤痕。

"啊，坏了，它是从窗子蹿出来的，"马特摸了摸白牙的肚子，不可思议地喊起来，"天呀，世界上还真有这样不要命的狼呀！"

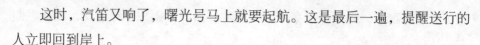

这时，汽笛又响了，曙光号马上就要起航。这是最后一遍，提醒送行的人立即回到岸上。

斯科特快速地琢磨着，他必须马上作出选择。马特摘下围巾套在白牙的脖子上，斯科特抓住了他的手。

"再见吧，老朋友。我会写信告诉你这只狼的事情的。"他微笑着说。

"什么？"马特大声叫起来，"你真的要带它……"

"围上你的围巾吧，不要担心它，我会告诉你它的情况的。"

马特跳上了岸。斯科特弯下身子，拍着白牙的头，"你这个鬼精灵，叫呀！"

曙光号起航了。

南行记

曙光号在旧金山结束了航程。白牙发现自己来到了一个神奇的世界：灰乎乎的高楼大厦；呼啸而过的汽车、马车；川流不息的人群……这一切都是白牙闻所未闻的，它感到惊愕、恐惧，紧紧地跟在主人的后面，一刻也不敢离开。

后来，他们上了一辆行李车，当白牙再出来时，发现城市不见了，刺耳的喧嚣声也已经消失，一片阳光明媚、静谧安宁的土地在眼前展开，像是在梦里一般。

一辆马车飞驰而来，稳稳地停在了前边不远处，车上走下来一男一女，女的早早地张开了双臂，拥向了主人的脖子。"主人有危险。"一个念头突然出现在白牙的脑海里。它立刻向那女人愤怒地吼叫起来，斯科特连忙挣脱开女人，来到白牙的身边。

"不要担心，妈妈，"斯科特一边抚摸着白牙，一边对妈妈说，"这是白牙，一只很忠诚的狗。它以为你要伤害我呢。"

"那我要等这狗看不见，才能偷偷地拥抱我儿子一下了！"妈妈笑着说，脸色都吓白了。

"不会的，妈妈，"斯科特忙着解释，"这是一只顶聪明的狗，很快就会明白的。"

"趴下，白牙，"斯科特命令道，他早就教会了白牙这个动作。

白牙很不高兴地趴下了，不明白为什么主人面对危险却不让它来保护。它眼看着他们又再重复着刚才危险的动作，主人却没有什么危险，反而很高兴的样子，那个男的也过来拥抱了主人，危险还是没有发生。这真让它惊奇不已。这时，主人的行李被搬上了马车，主人也和他们一起走了上去，马车启动了。白牙忙跟在后面跑起来，不时地冲拉车的马耸立起鬃毛，警告着它们不要伤害自己的主人。

不一会儿，前边不远处就出现了一座庄园，高高的门廊，一排排的窗户，都开始映入眼底。白牙小心地跟着，随时观察着周围的动静。突然一只牧羊犬冲了出来，挡住了它的去路，将主人挡在身后。这是白牙无法容忍的，它跳起来，向着牧羊犬扑去，中途又突然停住了，惯性差点让它摔了一跤。那是一只雌性的狗，它是不能攻击的——这是家族代代相传的法则。

牧羊犬却不这么想。它只知道眼前是一只陌生的家伙，而且是一只狼，它的本能让它绝对不能放白牙通过。白牙到处躲避着，成心跟它兜圈子，希望越过去，和主人在一起。

"过来，科莉！"车上的男子高声地喊着。

斯科特笑起来。

"没有关系的，爸爸，反正白牙还有许多事情要学，就从科莉开始给它上课吧。"斯科特建议道。

马车没有停下来，牧羊犬又挡住了去路，这让白牙离主人越来越远。它焦急不安。可是科莉并不打算放弃，露着闪闪发光的牙齿，随时准备和白牙纠缠到底。白牙需要赶快找到办法冲过去。于是它跑起来，科莉紧紧地追着，白牙突然停下来，猛地一回头，科莉躲闪不及，和白牙撞到了一起，摔倒在地上。它们在草地上打了好几个滚，才停下来。它愤怒地尖叫着，科莉羞愤地哭起来。

没有了科莉的阻挡，白牙风驰电掣地飞奔起来。【✂成语：言简意赅地写出了白牙像风一样的飞快的速度，体现了它对主人的关心。】主人的马车刚到大门口，它就追上了。看着主人安然无恙，才放了心。缓了一口气，刚想停下来，却突然感觉有一个黑影从侧面扑来。那是一只叫迪克的猎犬。猎犬太近了，白牙又跑得太快。猎犬一个飞跃就将它撞倒在地，白牙打了个滚，狼狈地站起来。它羞愤异常，立即露出了狰狞的面目，飞身扑了上去，锋利的牙齿和猎犬柔软的喉咙只差毫厘。

　　斯科特赶紧过来相救，可是距离太远了，幸亏科莉及时赶到。它被白牙摆脱，又羞又恼，拼尽全力追了上来。面对眼前的这个来自荒野的入侵者，满怀仇恨地扑了上去。白牙刚刚跃起，准备再次给予猎犬致命一击，被侧面扑上来的科莉撞倒在地。白牙又结结实实地摔了个跟头。

　　这时斯科特赶来了，拉开了愤怒的白牙，他的父亲也叫住了另外两只狗。

　　"这可是来自北极雪原的独狼。"斯科特一边安慰着白牙，一边笑着说，"以前只摔倒过一次，在这里一分钟不到就打了两个滚。这样的欢迎仪式真的太热烈了。"马车走了，房门开了，走出来一群人。他们热烈地同主人拥抱，白牙默默地接受这个事情。它隐约感觉到，自己的认识可能是错的。而且那些人对它也微笑着，但并没有让它放松警惕，还是紧紧地跟着主人，防备可能出现的危险。那两只狗卧在了门外的门廊下，迷惑地看着这位不速之客，不明白为什么主人竟然肯让一只狼呆在这里。这和主人平时的教导是不一样的。

　　"这样敌对着不行，"老斯科特建议说，"应该让它和迪克比试一下，这样就会成为朋友了。"

　　"那样的友谊只能在迪克的葬礼上体现了，比如白牙可以充当它祭祀的主持人。"斯科特笑起来。

　　老斯科特眯缝着眼睛打量着白牙。

　　"有那么严重吗？"

　　"也许比你想的还严重，不用一分钟——肯定不超过两分钟。"斯科特得意地说。

　　他扭向了白牙："来吧，伙计，你还是进屋吧。"

　　这样，白牙就算留在了这个庄园里。

　　白牙已经习惯了适应不同的生活。在这个被称为维斯塔的庄园里，它很快就习惯了。那些狗也没有再给它添麻烦。它们了解主人，主人都允许那只狼进屋，就说明它是有资格在这里生活的。

　　迪克虽然曾经很凶猛地攻击了白牙，但它其实是一个很随和的家伙。

既然主人接受白牙，它就应该把它看成这里的新成员。于是，它希望和白牙成为朋友。可是它还不了解这个喜欢孤独的家伙，不知道它最大的愿望就是它们都离它远远的。因此，面对迪克的热情，白牙总是冷漠地拒绝，最后咆哮着把它赶开了。<u>性情随和的迪克只好当它是一根木桩，不再理它了。</u>【◎比喻：用木桩比喻白牙，生动形象地说明了白牙孤傲的样子。】

可是科莉可不那么客气。虽然能接受白牙留下了——那是主人的意志，但它不会让白牙安宁的。狼就是狼，狗就是狗。狼和狗有世仇。一个总是无情地糟蹋羊群，一个是为了保护羊群。既然不能违背主人的意志，那么就用另外的一种方式警告它。

面对总是找碴的科莉，白牙很是无奈——它是雌性，自己是不能进攻它的。当科莉冲上来咬它时，它就把长满厚毛的肩膀转向它，然后<u>大摇大摆地走开</u>。【╱╲成语：形象地写出了白牙不愿意和科莉争斗，对它不屑一顾的样子。】没有办法，它只好躲着科莉。

需要白牙习惯的还有斯科特的家庭。和北方的生活相比，维斯塔的情况复杂多了，但是没有谁会告诉它，它只能通过自己的努力，慢慢发现他们与主人的亲密程度，作为自己对待他们的态度。对待家里的两个孩子也是如此。

当然，白牙不喜欢孩子。它很早就领教过孩子的残忍。因此，这两个孩子——威登和莫德第一次向它走过来时，它汪汪地警告他们不要靠近。但是它发现主人不喜欢它这样，就只能接受了他们的爱抚。只有当自己确实承受不了时，才会愤然离开。可是不久，它就喜欢上了孩子，见到他们也不再躲开，更不会逃避他们的小手。他们的到来总能给自己带来快乐，走开时又会让它满怀失望。

当然，这个家庭中，白牙最爱的无疑还是主人。其他的人都是主人的财产而已。

作为一只被驯化的狼，白牙需要学的当然不止和主人的家庭相处，还有许多东西要学，比如和动物相处，这其实是一个很艰难的过程。这里和荒原

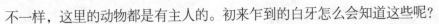

不一样，这里的动物都是有主人的。初来乍到的白牙怎么会知道这些呢？

那天早晨，在屋外溜达的它碰上了一只鸡。它毫不犹豫地就蹿上去，一口就叼到了嘴里。又肥又嫩的小鸡就成了它的美餐，碎渣都没有剩下。傍晚又在马厩旁遇到一只，正准备再次出击时，一个马夫跑了过来相救。他不了解白牙，手里又只有一根小鞭子。当小鞭子落到白牙身上，它一声不吭地就放下小鸡，向马夫扑来，直奔喉咙咬去。结果，马夫的手臂被咬得露出了白骨。他丢下鞭子，用血淋淋的胳膊护着脖子和脸，惊慌失措地后退着。要不是科莉及时出来，他麻烦就大了。

斯科特觉得有必要给白牙上一课了。

尝到美味的白牙开始对鸡感兴趣，经常围着鸡圈转悠，研究着鸡的生活习惯。两天后的晚上，它跳进了鸡窝，大屠杀就这样开始了。

第二天早晨，马夫收拾好五十只死鸡排成了一排，放到门廊上。白牙得意洋洋地站在一旁，似乎是等待受勋的战士，【比喻：用"等待受勋的战士"来比喻白牙，语言生动活泼，形象地写出了白牙得意的心情。】根本没有意识到这次屠杀的严重后果。主人没有选择，他抓住了白牙的脑袋，让它闻着死去的鸡，用棍子给它狠狠地上了一课。

那天午饭的时候，斯科特将教训白牙的事情告诉了父亲。老斯科特不无忧虑地摇着头说：

"尝到了血腥味，就怕改不了了。"

斯科特连连摇头。

"你就看好吧，我保证它不会有下一次了。我敢打赌，即使下午我把它和鸡锁到一起，它也不会吃鸡了。"

"可是，你为那些鸡想过没有？我可不希望我的鸡再被它吃了。"

"这样好了，"斯科特想了想说，"死一只鸡，我就赔偿你一块金币。"

"但是，爸爸你要是输了怎么办呢？"贝丝插嘴说。

"那这样吧，"斯科特琢磨了下，"如果白牙不伤害鸡，您就对它说：'白牙，你是我见过的最聪明的狗。'十分钟说一次。说一下午。而且要严肃，就像你在法院宣读判词一样。"

事情的结果正像主人说的一样，一下午，白牙理都不理身旁的那些鸡。这样的结果让老斯科特对着白牙一共说了十六次"白牙，你是我见过的最聪明的狗。"他很严肃，字字清晰。【✎形容词：生动地表现了法官一丝不苟的样子。】

但是，这里的各种法律太多了，弄得白牙晕头转向。不能吃的不只是鸡，还有各种活物都不能吃。不只主人家的不能吃，别人家的也不可以。可是，有一天，它发现自己的认识还不全面。那天，它在牧场上看到迪克追逐一只长耳兔，主人竟然没有制止，还鼓励白牙也追上去。这让它疑惑了很久。最后，它才有了一个比较全面的认识：自己和驯化的动物不能敌对；它可以追捕野生的动物。

有些事情让白牙很郁闷，但为了成为文明世界的一员，它只能委屈自己。比如那些大街上的男孩子，有时候就会向它扔石头。它知道法律是不允许它报复他们的，这实在是不公平，但有什么办法呢？

还有那些讨厌的狗，白牙也总是克制着。那天它跟主人进城，在一家酒店门前碰到了三只。它们一起向白牙扑来。白牙不断地提醒自己不要理睬它们，每次它们进攻，它凶狠地吼叫希望它们能知难而退。可是它们仍然跟在后面肆无忌惮地侮辱它。甚至酒店门口的人也怂恿着那几只狗进攻白牙。主人也是忍无可忍，他停下了马车。

"上！"他命令着白牙。

白牙明白主人的意思，却不敢相信这是真的。看看那几只狗，又回过头来，希望再次得到主人的肯定。

"去吧，吃了它们。"主人说到。

白牙精神大振，转身就向那几只狗冲了上去。霎时，街上尘土飞扬，四只狗纠缠到一起。几分钟后，两只倒在血泊里，奄奄一息，第三只撒腿就跑，白牙悄无声息地追了上去，在不远的田地里，咬死了它。这简直不可思议，消息迅速传播开了，人们争相谈论着。从此，再也没有狗找白牙的麻烦。

　　几个月后，白牙已经适应了这里的生活，虽然无事可做，但食物很丰富，白牙变得心宽体胖。唯一不很如意的一件事还是关于科莉。它依然没有改变对白牙的敌意，整天用尖细的叫声折磨着它，让它不得安宁。如果白牙好奇地瞥一眼周围的鸽子或者鸡群，它就会怒气冲冲，大叫大嚷。没有办法，白牙只好趴到地上，装着睡觉的样子。这让科莉无可奈何。

　　除了科莉，白牙过得很顺心。它快速地适应了周围的环境，懂得了生活的法律，学会了自我调控，已经能乐观地看待周围的事情。在这样的环境中，白牙还有几个进步：它会笑了！它表达感情的方式一直是比较含蓄的。钻到主人的腋下，或者在叫声里融入一股柔情，是它表达爱的仅有的两个方式。它对笑一直敏感，因为笑总是和它痛苦的记忆联系在一起。但是主人也笑，慢慢地发现主人的笑和曾经的记忆是不一样的，开始明白了笑的不同含义。于是，它开始模仿主人的笑，微张着嘴，轻轻地翘着嘴唇，眼里流出会意的表情。它真的会笑了！

阳光灿烂的日子

在南方，白牙过得很惬意，生活里充满了阳光。它不用再拉雪橇了，它找到了一种向主人表达忠诚的新的方式——当主人骑马外出时，它就跟在马后面跑。

主人喜欢骑马外出。白牙跟在马后面也兴致勃勃，步伐轻快，好像从来也不感觉累。回家的时候总是跑到马的前面，最先回到家门口，然后回头洋洋自得地看着马和主人。

有一天，经常骑马外出的主人发生了意外。一只长耳朵兔突然从草丛里蹿了出来，一闪从马前穿过。受了惊吓的马嘶叫一声停止了奔跑。巨大的惯性把主人从马背上掀翻下来，重重地摔在地上。斯科特立即感到一阵钻心的疼痛袭来，他想挣扎着站起来，发现腿已不听使唤——腿已经断了！

这匹不知好歹的马竟然敢伤害主人，这是白牙不能接受的。它生气了，冲着马的喉咙就咬了过去，想给它一个教训，但主人喝退了它。

"回家去，快回家去！"斯科特知道自己没有办法动弹了，这样命令着白牙。

白牙怎么能抛弃自己的主人而独自回去呢？它眼巴巴地瞅着主人，但又不能不执行主人的命令，它转身跑了几步，又马上回来。

斯科特想写一张纸条让白牙带回去，摸了摸口袋，却没有找到笔，只好再一次命令白牙。

"你得回去，白牙，"他放缓了语气，"你必须回家，回家告诉他们我出事了。快回去，马上！"

白牙听得懂"家"这个字的含义。它知道主人在让它回到哪里。它再一

次转头，向来的方向跑去。还不时地回头。

"快回家去，快！"

主人的命令越来越严厉，它知道没有了选择，飞一般地跑走了。

那天天气很炎热，全家人正在门廊里纳凉。气喘吁吁的白牙跑了进来，身上满是泥土草叶。【✍成语：生动逼真地写出了白牙为了救主人，拼命往家里跑时劳累的样子。】

"儿子回来了。"斯科特的妈妈高兴地说。

看见白牙，两个孩子欢喜地迎了上去。白牙却没有了往日的热情，敏捷地躲开他们，奔向门廊。孩子们可不想放过和它玩耍的机会，又在摇椅和栏杆间截住了它。白牙着急地叫着，寻找着可以通过的缝隙。

孩子的妈妈有点担心，不无忧虑地说："孩子们和白牙玩耍，真的不让人不放心，我担心哪天它会翻脸伤害孩子。"

这时，着急的白牙从中间冲了出来，带倒了两个孩子。孩子哭了起来。

"狼就是狼，"老斯科特说，"终究变不成狗呀！"

"白牙不全是狼呀，哥哥说过的。"贝丝反驳道。

"那只是他的猜测，你看它那样子，哪里有狗的样子。"老斯科特认真地说，"只看那张嘴，就知道它是狼，不是狗。"

他正说着，白牙已经挤了过来，看着他，急切地叫着。

"走开！不要烦我。"老斯科特生气地说。

白牙又转向了主人的妻子，咬住了她的裙子向外走，仓皇中裙角被撕下一块。她尖叫起来。

怪异的神情引起了大家的注意，注意力一下就集中过来。白牙不再嗥叫，不安地站在那里，仰望着大家的脸，呼哧呼哧地喘着。【✍拟声词：形象逼真地写出了白牙着急担心的样子。】

"它不会是疯了吧？"斯科特的妈妈担心地说，"这里这么热，北极过来的它怎么能适应呢。"

"不对，哪有这样的疯狗。"贝丝肯定地说。

"威登出事了！"斯科特的妻子突然叫起来，"他和白牙向来都是一起回家的。"

人们恍然大悟，都站起来，向大门奔去。

白牙救了主人，这件事在维斯塔传为佳话。现在，它的形象在人们的心目中高大起来，人们越来越喜欢它了。甚至那个被咬伤胳膊的马夫也不得不承认。

"就算它像狼一样凶狠，它也是一只聪明的狗。"

有一个人是例外，那就是大法官老斯科特。他那严谨的工作态度让他仍然坚持原来的意见。他现在整天翻阅各种有关生物的书籍，想证明自己的理论。可是还有谁愿意相信他呢？人们只看重事实。白牙感觉时间过得太快了，眨眼睛就到了来南方的第二个冬天。它发现生活中多了一件好玩的事情。科莉的牙齿不像以前那么尖利了，咬到自己身上痒痒的，一点也不疼。既然人家不再对自己横眉立目，自己也就不能不理人家了。于是，当科莉再来它周围玩耍，白牙就很认真严肃地陪着，【🖊形容词：形象逼真地写出了白牙陪着科莉玩耍时笨拙可笑的样子，语言活泼有趣。】样子颇有点滑稽。

一天，白牙又陪科莉玩耍，不知不觉地就跟在它的后面穿过庄园后面的牧场，进入了树林。白牙有点犹豫不决，它知道主人已经备好了马鞍，站在大门口等它一起出门的。可是身体里却升腾起一种躁动，督促着它跟上前面的科莉。正在两难的时侯，科莉转头咬了它一口，又跑开了。麻酥酥的感觉让它忘记了其他，跟在科莉的后面就追了上去，和它一起肩并肩地跑着。

也就是在这个时期，发生了一件轰动全国的大事——一个罪犯从圣昆廷监狱逃跑了。报纸整天连篇累牍地登载。当然，这个事情白牙是不知道，虽然它很聪明，但不能读书看报。

越狱者叫吉姆霍尔。它凶残暴戾，估计当初在娘胎里就是一个祸根，本就不该来这个世上。后来社会也没有对它进行精心的加工，将他做成了一个残次品。简单地说，他就是一个畜生，是披着人皮的狼。

社会也想对他重新塑造，把他送进了监狱。可是，没有什么惩罚能让它屈服。对他来说，命是可以不要的，就是不能活着挨打。可是他越是反抗，社会就对他越粗暴，结果就使他更加凶残。

有一件事要特别提一下。在吉姆霍尔第三次服刑期间，碰上了一个和他一样残暴的狱卒。那个狱卒极不喜欢他，老是在典狱长面前说他的坏话，还不断迫害他。终于有一天，霍尔像野兽一样咬住了狱卒的喉咙。【比喻：把霍尔比作野兽，形象生动地写出了霍尔凶猛残忍的样子。】

这件事情的直接后果就是吉姆霍尔被关进铁牢，呆了三年。铁牢名副其实，不但周围墙壁是铁的，而且地面和屋顶也是铁的。白天见不到阳光，黑得像黄昏一样；夜里漆黑一团，像地狱一样：他其实就是被活埋在铁的坟墓里了。【比喻：用"坟墓"来比喻牢房，形象逼真地写出了牢房坚固无比的情形。】

谁也不会想到，就是在这样的地方，他竟然逃跑了。事实就是这样，他杀死了三个狱卒，却没有一点声音，是用手将他们活活掐死的！还带走了他们的枪。为了能将他缉拿归案，监狱不惜重金。社会各个阶层都加入到了追捕他的行列。

在白牙生活的地方，人们也在关注着每天的新闻消息。不是对那丰厚的赏金感兴趣，而是对老斯科特的安危担心。老斯科特倒是满不在乎，作为一个正直的大法官，将邪恶送进监狱，他对此很自豪。虽然吉姆霍尔的判决是他宣读的，虽然霍尔在法庭上当众扬言，一定要报复给他宣判的法官。

但是有一点大法官老斯科特不知道，他的那次宣判是错误的，是警察伙同另外的一群人，伪造了证据，其实所指控的罪名根本就不存在。当然吉姆霍尔也不知道大法官老斯科特是被蒙蔽的。

各种情况都表明，老斯科特处在危险当中。

如此复杂的事情白牙是不知道的。只是那段时间它和主人的妻子有了一个默契：每天夜里大家都睡熟了，她就会打开大门，放白牙到一楼的大厅睡觉；清晨其他人还没起床，她又会起床放白牙出去。这是因为白牙不是室内狗，不允许睡到楼里面。

有一天夜里，<u>全家人都睡熟了，屋里没有一丝的声响，只有远处传来虫子的鸣叫声。</u>【📖环境描写：用远处的虫子鸣叫声表现了屋里异常安静的情形。】白牙还没有睡觉，忽然它闻到了一股陌生人的气味，还伴随着轻微的脚步声。白牙并没有声张，这是它一贯的作风。陌生人轻轻地移动脚步，白牙当然更轻，它一声不响地跟在来人后面。在主人的楼下，陌生人停住了，凝神倾听着。白牙很紧张，因为楼上就住着它最亲爱的主人和主人的亲人们。但是它还是没有采取行动，静静地等着。

来人发现楼上没有声音，知道他们已经睡熟了，就抬起了脚，准备上楼。白牙开始进攻了，不吭一声地就腾空而起，扑到了那人的背上，前爪抓住了两肩，利齿咬到了脖子上，直到来人摔倒在地。就像和曾经的那些狗战斗一样，它敏捷地跳开，在地上的人刚要挣扎起来时，又勇猛地扑上去。

楼下乱作一团，人惊恐的尖叫声，狗的怒吼声，还有家俱稀里哗啦摔碎的声音，响成了一片。中间还响起了枪声，庄园里的人都惊醒了。

这样的混乱前后不过三分钟，之后就是死一般的寂静。斯科特打开了电灯，灯光照亮了楼下的大厅。他和父亲端着枪，小心翼翼地下楼，看看到底发生了什么事情。大厅里一片狼藉，在东倒西歪破碎的家俱中间，侧躺着一个陌生男子，一只胳膊遮住了脸。斯科特弯下腰，小心地拉开了他的胳膊，把脸转向了灯光：他已经死了，喉咙上一个血淋淋的口子。

"吉姆霍尔，"老斯科特惊叫一声。父子交换了下眼色，会意地点点头。

他们赶紧去看白牙。白牙也侧身躺在地上，紧闭着双眼。他们伏下身察看情况。白牙微微地抬起眼皮，看着他们，尾巴动了动，却没有能摇起来。斯科特轻轻地拍了拍它，它只是动了动喉咙，表示自己感觉到了，身体就瘫软下来，眼睛也闭上了。

"可怜的家伙，命都不要了！"主人叹息着。

"我们不能看着它就这样死了。"老斯科特一边走向电话机，一边固执地说，"它是为了我们才这样的。"【📖语言描写：写出了老斯科特固执的

坚持，体现了他被白牙的精神所感动的情形，语言生动形象。】

"我说了你们不要伤心，"医生给白牙检查了一个半小时后说，"它顶多只有千分之一的希望。"

透过窗户，晨曦照亮了大厅。人们都围着医生，着急地听着医生的结论。

"断了一条腿，三根肋骨，断骨还刺穿了肺叶。三颗子弹洞穿身体，血几乎流尽了。"医生接着说，"也许我刚才说得太乐观了，有万分之一的希望就不错了。"

"只要还有一点机会就要救！"大法官老斯科特断然地说，"要不惜任何代价，威登，给旧金山尼古拉斯医生发电报。"他又转向医生，"你知道，不是不信任你，我必须要救它。"

医生笑了笑说："先生，我很理解你的心情。要像照顾孩子一样照顾它，要随时注意体温变化。"

医生总会有误诊的情况，这次对白牙的诊断就是。这可不能怪他。他平时诊断的都是文明社会的人，<u>他们的身体和白牙比起来，简直不堪一击。</u>【对比：形象地把文明社会的人和白牙作对比，突出了白牙身体的强健。】而白牙从荒野里来，继承了祖先强健的身躯，锻炼了顽强的生命力。求生的本能让它抓住任何可能的力量，坚韧不拔地活着。

白牙终于没有咽下最后一口气，在鬼门关口被拉了回来。它浑身上下打满石膏，缠满绷带，一动也不能动，只是躺着，多半的时间在梦里。它做了很多的梦，梦到了北国壮丽的原野，梦到了饥荒时在森林里寻找食物，梦到了做雪橇狗的日子，梦到了为史密斯斗狗的场景……这些梦总是让它感到痛苦，只有醒来时，它的心才安定下来。

几个星期后的一天，它身上的绷带石膏终于要拆了，这真的是一个盛大的节日，所有的人都喜笑颜开地围到白牙的周围，柔情满怀地看着它。爱丽丝给它一个好听的名字，叫"圣狼"，这个名字得到了大家的一致认可。

白牙想站起来，那么多天的束缚它受够了。它试着起了几次，还是因为

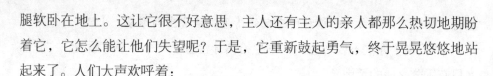

腿软卧在地上。这让它很不好意思，主人还有主人的亲人都那么热切地期盼着它，它怎么能让他们失望呢？于是，它重新鼓起勇气，终于晃晃悠悠地站起来了。人们大声欢呼着：

"圣狼，圣狼……"

"我说过它是一只狼，你们还不信，现在知道了吧？"大法官得意万分，"你们见过这样坚强的狗吗？"

"不是狼，是圣狼。"法官太太纠正道。

在人们的前后簇拥下，白牙跟跟跄跄地走着，越来越稳健。人们陪着它走到了马厩，科莉正卧在那里，还有五六只小狗在阳光下玩耍着。白牙惊奇地看着这个场景，感到一阵茫然。自己睡了这么多天，没有想到竟然发生了这么多的事情。

科莉并不欢迎它，大声叫着，警告它不要靠近。当然，它也不会靠近的。一只小狗却歪歪斜斜地跑了过来，白牙变得不知所措起来，还是主人安慰它不要紧张。这时科莉正被人抱在怀里，却一直满脸妒忌地看着它。

小狗爬到它的眼前，它好奇地看着小狗，又用鼻子凑到小狗身上闻了闻。小狗却用温暖的舌头轻轻地舐着它的下巴。这让它很舒服，情不自禁地伸出舌头，舐了舐小家伙的脸。【动作描写：形象逼真地写出了白牙对小狗的爱意，场面温馨可爱。】

人们对这个场景大加赞赏，高兴地欢呼起来。

白牙有点儿累了，趴到地上，歪着头看着小狗们玩耍。温暖的阳光照耀在它的身上，它眯缝上眼睛，打起盹了。